머더봇 다이어리
인공 상태

ARTIFICIAL CONDITION: THE MURDERBOT DIARIES

Copyright © 2018 by Martha Wells
All Rights reserved.

Korean translation copyright © 2020 by Alma Inc.
Korean translation rights arranged with Donald Maass Literary Agency
thougth EYA (Eric Yang Agency)

이 책의 한국어판 저작권은 EYA (Eric Yang Agency)를 통한 Donald Maass
Literary Agency 사와의 독점계약으로 (주)알마가 소유합니다.
저작권법에 의하여 한국 내에서 보호를 받는 저작물이므로 무단전재 및
복제를 금합니다.

머더봇 다이어리
인공 상태

ARTIFICIAL CONDITION:
THE MURDERBOT DIARIES

마샤 웰스
고호관 옮김

차례

⊘

⊘

1

보안유닛은 뉴스에 별로 관심이 없다. 지배모듈을 해킹하고 피드에 접속한 뒤에도 나는 뉴스에 그다지 신경 쓰지 않았다. 그보다는 오락거리를 다운로드받는 게 위성과 정거장 네트워크에 설치되었을지도 모르는 경보를 울릴 가능성이 더 낮기 때문이기도 했다. 정치와 경제 뉴스는 다른 층위에서 오가는데 그건 보안 데이터를 교환하는 것에 좀 더 가깝다. 그러나 가장 큰 이유는, 뉴스는 지루한데다 내가 (1) 막아야 하거나 (2) 뒤처리를 해야 하는 상황이 아닌 한 인간들이 서로 무슨 짓을 하든 나는 관심이 없다는 것이다.

그런데 내가 환승고리의 상점가를 지나고 있을 때 정거장에서 나온 최신 뉴스 하나가 공공 피드 여기저기서 흘러나왔다. 나는 대충 흘려 넘겼다. 무서운 살인봇이 아니라 평범한 증강인간인 척하며 군중 사이를 뚫고 지나가는 데 거의 온 신경을 집중해야 했다. 누군가 우연히 나와 눈을 마주쳤을 때도 당황하지 말아야 했다.

다행히 인간과 증강인간들은 제각기 갈 길을 가거나 피드에서 방향이나 우주선 일정을 찾느라 정신이 없었다. 환승고리에는 여객선 세 척과 내가 얻어 타고 온, 봇이 조종하는 화물선이 웜홀을 통과해 들어왔다. 이곳 탑승장들 사이의 큰 상점가는 북적거렸다. 인간과 더불어 모양과 크기가 다른 갖가지 봇이 돌아다녔고, 드론은 군중의 머리 위를 윙윙거리며 날아다녔으며, 머리 위의 이동로에는 화물이 운송되고 있었다. 보안드론은 구체적으로 지시를 받지 않는 한 보안유닛을 스캔하지 않을 터였다. 그리고 아직 아무것도 내게 핑 신호를 보내지 않았다. 다행이었다.

나는 회사의 목록에서 빠져 있었지만 이곳은 아직 코퍼레이션 림이었고, 나는 여전히 물품이었다.

그래도 이번이 고작 두 번째로 겪는 환승고리라는 점을 고려하면 나는 지금까지 잘 해냈다는 데 상당히 기분이 좋았다. 보안유닛은 화물로 실려 다니기 때문에 우리는 정거장이나 환승고리의 인간용 시설을 통과해본 적이 없었다. 나는 장갑을 정거장의 유닛배치 센터에 두고 올 수밖에 없었지만, 군중 속에 섞이니 장갑을 입고 있을 때와 다를 바 없이 익명에 가까운 존재가 될 수 있었다. (그래, 나는 계속해서 스스로 이런 식으로 되뇌어야 했다.) 나는 회색과 검은색으로 된 작업복과 긴팔 티셔츠, 재킷, 바지, 부츠로 내 비유기체 부분을 전부 가린 채 배낭을 메고 있었다. 다양한 색의 옷과 머리, 피부, 인터페이스를 지닌 군중 속에서 나는 눈에 띄지 않았다. 내 목 뒤에 데이터포트가 있는 게 보였지만, 증강인간이 이식받는 인터페이스와 모양이 아주 비슷해서 의심을 사지 않았다. 게다가 그 누구도 살인봇이 인간처럼 환승 구역의 상점가를 돌아다닐 거라고 생각하지 않았다.

그때 흘려 넘기던 뉴스에서 이미지 하나가 눈에 띄었다. 바로 나였다.

나는 가던 걸음을 멈추지 않았다. 아무리 충격적이거나 무서운 게 나와도 육체적으로 반응하지 않는 연습을 아주 많이 해놓은 덕분이었다. 순간적으로 표정 관리는 못 했을지도 모르겠다. 부득이한 경우만 아니면 나는 항상 헬멧을 쓰고 불투명하게 해놓고 다녔으니까.

나는 몇몇 식음료 서비스 계산대로 이어지는 커다란 아치형 통로를 지나 조그만 상업 구역의 입구 근처에 멈춰 섰다. 누가 본다고 해도 피드에서 장소에 관한 정보를 찾고 있다고 생각했을 것이다.

쏟아져 나오는 뉴스 보도에 실린 내 이미지는 정거장 호텔 로비에서 핀-리, 라티와 함께 있는 모습이었다. 초점은 핀-리에 맞춰져 있었다. 단호한 표정과 언짢다는 듯이 살짝 올라간 눈썹, 단정한 비즈니스용 복장이었다. 보존지원단의 회색 탐사복을 입은 라티와 나는 배경 속에 희미하게 묻혀 있었다. 이미지 태그에 나는 "경호원"으로 되어 있었다. 다행이었다. 하지만 기사를 다시 재생해보니 나는 최악의 상황에 처해 있었다.

흠, 보통 내가 보관되는 배치 센터와 회사 사무실이 있는, 그러니까 내가 "정거장"이라고 부르는 그곳은 사실 "자유무역항"이었다. 나는 모르고 있었다. (그곳에 있을 때 나는 보통 수리용 칸막이방, 혹은 운송함에 들어가 있거나 계약을 기다리며 대기 상태에 놓여 있었다.) 뉴스 해설자는 지나가듯이 멘사 박사가 자신을 구한 보안유닛을 샀다는 내용을 언급했다. (그건 확실히 사망자가 많이 나온 이 이야기의 끔찍함을 누그러뜨리는 가슴 따뜻한 사연이었다.) 그러나 기자들은 장갑을 입지 않았거나 일이 잘못되어서 피범벅 덩어리가 된 상태가 아닌 보안유닛을 별로 본 적이 없었다. 그래서 보안유닛 하나가 팔렸다는 사실을 알면서도 핀-리, 라티와 함께 호텔로 들어가는 존재를 그냥 증강인간이라고 생각해버린 것이다. 그건 잘된 일이었다. 이상한 부분은 우리 보안 기록 일부가 공개되었다는 점이었다. 내가 델타폴 거주지를 수색하고 시체를 발견했을 때 내 시점에서 본 영상, 그리고 구라틴과 핀-리가 폭발 뒤에 멘사와 처참한 모습의 나를 발견했을 때 헬멧 카메라 영상이었다. 나는 재빨리 훑어보고 내 인간형 얼굴이 잘 보이는 장면은 없다는 사실을 확인했다.

기사의 나머지 부분은 회사와 델타폴, 거기에 더해 보존 연합과 델타폴 거주지에 자기네 시민이 있었던 다른 비기업형 정치적 독립체 세 곳이 다 같이 그레이크리스를 물어뜯고 있다는 내용이었다. 다양한 법적 싸움도 벌어지고 있었다. 탐사에 협력했던 독립체 중 일부가 재정적 책임이나 재판 관할, 보증금 따위를 두고 제각기 서로 싸우고 있었던 것이다. 나는 인간들이 사건을 전부 어떻게 정리해냈는지 알 수 없었다. 보존지원단이 간신히 회사 구조선에 신호를 보낸 뒤에 일어난 일에 대해서는 자세히 나오지 않았다. 하지만 그 정도면 누구든 간에 의문의 보안유닛을 찾는다고 해도 멘사 일행과 함께 있겠거니 생각할 만했다. 물론 멘사 일행은 사실을 알고 있었지만.

곧바로 보도 시각을 확인해보니 이 뉴스는 내가 정거장을 떠나고 한 주기 뒤에 발행된 오래된 뉴스라는 사실을 알게 되었다. 속도가 더 빠른 여객선 하나와 함께 웜홀을 통과한 게 분명했다. 그 말은 지금쯤이면 공식 뉴스 채널에 그보다 더 최근의 정보가 있을지도 모른다는 뜻이었다.

그랬다. 나는 이 환승고리에 있는 누구도 도망친 보안유닛을 찾아낼 리가 없다고 스스로 되뇌었다. 공공 피드에 있는 정보를 보면 이곳에는 어떤 보증 회사나 보안 회사의 배치 센터도 없었다. 내 계약은 언제나 외딴 시설이나 거주민이 없는 탐사 행성에서 하는 일이었고, 나는 그게 지극히 평범한 일이라고 생각했다. 심지어는 엔터테인먼트 피드의 영화나 드라마를 봐도 사무실이나 화물창고, 조선소 혹은 환승고리에서 흔히 찾아볼 수 있는 업체를 경비하는 보안유닛 같은 건 절대 나오지 않았다. 그리고 그런 미디어에 나오는 보안유닛은 언제나 장갑을 입고 있었고, 무표정했으며, 인간에게 무서운 존재였다.

나는 다시 군중 속으로 들어가 상가를 걷기 시작했다. 무기 검색을 당할 수 있는 장소는 조심해야 했는데, 고리를 순환하는 작은 트램을 포함해 운송 수단을 탈 수 있는 모든 시설이 그런 장소에 해당했다. 나는 무기 스캐너를 해킹할 수 있다. 하지만 보안 규정에 따르면 승객용 시설에는 군중을 상대하기 위해 스캐너가 아주 많았고, 내가 한 번에 처리할 수 있는 수에는 한계가 있었다. 게다가 결제 시스템도 해킹해야 했다. 그렇게까지 해서 얻는 것과 비교하면 이건 너무 골치 아픈 일 같았다. 외부로 나가는 봇 운행 수송선이 있는 곳까지는 한참 걸어야 했지만, 덕분에 엔터테인먼트 피드에 접속해 새로운 미디어를 다운로드받을 시간이 생겼다.

텅 빈 화물선을 혼자 타고 이 환승고리까지 오는 동안 내가 왜 멘사를 떠났는지, 내가 원하는 건 무엇인지 충분히 생각해볼 수 있었다. 나도 안다. 이건 내게도 놀라운 일이라는 걸. 하지만 화물선을 타고 돌아다니며 드라마나 보면서 남은 삶을 보낼 수는 없다는 것 역시 알고 있었다. 아주 많이 끌리는 생각이긴 하지만.

이제 내게는 계획이 있었다. 아니, 일단 내가 중요한 질문에 대한 답을 얻기만 하면 계획이 하나 생길 터였다.

답을 얻기 위해서는 어딘가로 떠나야 했다. 다음 주기 안에 나를 그곳으로 데려가줄 수 있는 봇 운행 수송선은 두 대였다. 첫 번째는 내가 여기에 타고 온 것과 비슷한 화물선이었다. 둘 중에 나중에 출발하는 것으로, 찾아가서 태워달라고 설득할 시간이 더 많으니 더 나은 선택지였다. 해킹을 시도한다면 성공할 수도 있었지만 나는 그러지 않는 편을 선호했다. 함께 있기 싫어하는 존재와 오랜 시간을 보낸다는 건, 혹은 해킹으로 나와 함께 있고 싶다고 생각하게 만든다는 건 소름이 끼치는 일이었다.

지도와 일정은 피드에서 찾을 수 있었다. 고리를 따라 존재하는 모든 주요 안내 지점과 이어져 있어서 우선 화물 하역장으로 가는 길을 찾아낸 다음, 근무 교대를 기다렸다가, 탑승장으로 들어갈 수 있었다. 그 구역 위층에서는 신분 확인 시스템과 몇몇 무기 검색 드론을 해킹해야 했고, 상업 구역 입구를 경비하는 봇에게서 핑 신호를 받기도 했다. 나는 녀석을 해치지 않았다. 그저 피드의 방화벽을 뚫고 들어가 나와 만났던 기억을 모조리 삭제했을 뿐이다.

(나는 회사의 보안시스템에 접속할 수 있도록, 기본적으로 그런 시스템과 쌍방 소통이 가능한 구성 요소가 될 수 있도록 설계되었다. 이 정거장의 경비봇은 회사가 보유한 기술을 사용하지 않았지만 매우 비슷했다. 게다가 아무도 회사처럼 경비봇이 수집하거나 혹은 훔치는 데이터를 보호하는 데 집착하지 않았다. 따라서 나는 이보다 훨씬 더 강력한 보안시스템에도 익숙했다.)

일단 출입 층에 내려온 뒤에는 아주 조심해야 했다. 일하지 않는 사람이 여기 있을 이유가 없었다. 게다가 작업은 짐꾼봇이 대부분 했지만 유니폼을 입은 인간과 증강인간도 많았다. 내 생각보다 더 많았다.

내가 타려고 했던 수송선의 문 주위에 인간들이 꽤 많이 몰려 있었다. 피드에 경보가 울린 게 있는지 확인했더니 짐꾼봇과 관련된 사고가 있었다. 여러 패거리가 모여서 피해 상황과 누구의 책임인지를 정리하고 있었다. 정리가 끝날 때까지 기다릴 수도 있었지만 나는 이 고리를 벗어나 이동하고 싶었다. 그리고 솔직히 말하면 나는 뉴스 보도에 나온 내 이미지에 놀랐고, 한동안 다운로드받은 미디어에 푹 빠져서 내가 존재한다는 사실을 잊고 싶었다. 그러려면 고리를 떠날 준비를 마치고 문을 잠근 자동 수송선 안에 안전하게 있어야 했다.

나는 두 번째 가능성을 찾아 다시 지도를 확인했다. 그건 사실, 비상업적 운행이라는 표시가 되어 있는 다른 선착장에 있었다. 빨리 움직인다면 출발하기 전에 도착할 수 있었다.

항해 일정을 보니 장거리 연구용 선박으로 지정되어 있었다. 승무원과 아마도 승객이 있을 것 같았지만, 첨부된 정보에 따르면 무인이고 화물 수송을 맡고 있으며 내가 원하는 목적지에 들를 예정이었다. 피드에서 과거 기록을 찾아본 결과, 이 우주선이 이 항성계의 행성에 있는 한 대학교 소유라는 사실도 알아냈다. 유지비를 벌기 위해 임무 사이사이의 빈 시간에 화물 운송에 쓰도록 임대한 것이었다. 내 목적지까지 가는 데는 스물한 주기가 걸릴 터였다. 그리고 나는 정말로 혼자 있기를 원했다.

상업용 선착장에서 사설 선착장으로 가는 건 쉬웠다. 나는 충분한 시간 동안 보안시스템을 장악하고

있으면서 녀석에게 내가 권한이 없다는 사실에 신경
쓰지 말 것을 지시했다. 그런 뒤에 여러 승객과 승무
원 뒤를 따라 걸어 들어갔다.

나는 이 연구용 수송선의 선착장을 찾아낸 다음 통
신포트를 통해 핑 신호를 보냈다. 응답은 거의 곧바
로 돌아왔다. 내가 피드에서 찾아낸 정보에 따르면
그 우주선은 자동 운항 준비를 마친 상태였다. 하지
만 확실히 하기 위해서 나는 인간 승무원에게 인사를
보냈다. 내용 없는 응답이 돌아왔다. 아무도 없었다.

나는 다시 수송선에 신호를 보내 첫 수송선에게 했
던 것과 똑같은 제안을 했다. 수백 시간에 달하는 영
화와 드라마, 책, 음악, 거기에 상점가를 지나오면서
막 다운로드받은 새로운 것들. 나는 내가 자유로운
봇이며 인간 보호자에게 돌아가려는 중이라고 말했
다. ('자유로운 봇'이라는 말은 기만적이었다. 보존 연합 같은
몇몇 비기업형 정치적 독립체에서는 봇을 시민으로 간주하지
만, 여전히 지정된 인간 보호자가 있어야 한다. 구성체는 어떨
때는 봇과 같은 분류에 들어가고, 어떨 때는 치명적인 무기와
같은 분류에 들어간다. 참고로 그건 들어가기에 딱히 좋은 분

류는 아니다.) 그래서 내가 화물선에서 혼자 있던 때를 포함해 일곱 주기 약간 안 되는 기간 동안 인간들 사이에서 자유로운 몸으로 지냈던 것이다. 그리고 나는 벌써 휴식이 필요했다.

잠시 침묵이 이어졌다. 이윽고 연구용 수송선이 수락한다는 신호를 보내며 문을 열어주었다.

2

나는 문이 빙글 돌아가며 닫히고 환승고리 쪽에서 아무 경보도 울리지 않는다는 게 확실해질 때까지 기다렸다가 입구 통로로 향했다. 선내 피드에서 본 배치도에 따르면 수송선에서 화물용으로 쓰이는 구역은 원래 모듈식 연구 공간이었다. 연구 공간을 밀폐해 대학의 선착장 창고로 빼놓아서 화물을 실을 공간이 많이 생겼다. 나는 압축한 내 미디어 패킷을 수송선의 피드에 넣어서 원하는 걸 가져갈 수 있게 했다.

나머지 공간은 통상적인 기관실, 보급품 창고, 선실, 의무실, 식당 정도였고, 추가로 커다란 휴게실과

강의실이 있었다. 파란색과 흰색 패딩이 붙은 가구들은 전부 최근에 세척한 상태였다. 그래도 모든 인간 거주지에서 맡을 수 있는 퀴퀴한 양말 냄새의 흔적은 남아 있었다. 희미한 공조기 소리를 제외하면 조용했고, 갑판 덮개 위에서는 내 발소리도 나지 않았다.

나는 보급품이 필요 없었다. 내 시스템은 자체 조절 기능이 있다. 나는 음식이나 물이 필요하지 않았고, 액체나 고체 부산물을 제거해야 할 필요도 없었다. 공기도 그리 많이 필요하지 않았다. 선내에 인간이 아무도 없을 때 제공하는 최소한의 생명 유지 시스템만으로도 버틸 수 있었다. 그러나 수송선은 생명 유지 시스템 가동률을 살짝 높였다. 나는 친절하다고 생각했다.

나는 여기저기 돌아다니며 실제로 배치도가 맞는지 눈으로 대조해보고 혹시 무슨 문제가 있는지 확인했다. 순찰이 내가 극복해야 할 습관이라는 사실을 알면서도 그렇게 했다. 내가 극복해야 할 건 많았다.

구성체가 처음 개발될 때는 원래 준지성체 수준의 지능을 가질 예정이었다. 봇 중에서 좀 더 멍청한 종

류들처럼 말이다. 하지만 그 경우 오히려 더 많은 돈을 들여 회사 소속의 값비싼 인간 감독관을 고용하지 않고서는 짐꾼봇처럼 멍청한 것에게 어떤 보안 책임도 맡길 수 없다. 그래서 우리를 더 똑똑하게 만들었다. 불안증과 우울증은 부작용이었다.

배치 센터에서 멘사 박사가 왜 나를 보증 계약의 목적으로 임대하길 원하지 않는지 설명하는 소리를 들으며 서 있었을 때 멘사는 향상된 지능을 "소름 끼치는 타협"이라고 불렀다.

이 우주선은 내 책임이 아니었고, 내가 다치지 않도록 지켜야 하거나 혹은 자기 스스로 다치거나 서로 해치지 않도록 지켜야 할 인간도 타고 있지 않았다. 이건 놀라울 정도로 보안이 허술한 멋진 우주선이었다. 나는 소유주가 왜 인간을 몇 명 태워서 감시하게 하지 않는지 궁금했다. 봇이 조종하는 수송선이 대개 그렇듯 배치도에는 수리용 드론이 타고 있다고 나와 있었다. 하지만 그래도….

나는 갑판이 진동하고 덜컹거리는 느낌이 들 때까지 순찰을 계속했다. 이건 우주선이 이제 막 환승고리에서 떨어져 움직이기 시작했다는 뜻이었다. 내 기능을 96퍼센트까지 떨어뜨리고 있던 긴장감이 누그러졌다. 살인봇의 삶은 대체로 스트레스가 심하다. 하지만 장갑도 안 입고 얼굴도 가리지 못한 채 인간들 사이를 돌아다니는 데 익숙해지려면 아직 한참 걸릴 터였다.

나는 선교 아래에서 승무원 회의실을 발견하고 푹신한 의자들 중 하나에 몸을 눕혔다. 수리용 칸막이와 운송함은 푹신하지 않아서 이렇게 편안하게 여행하는 건 색다른 일이었다. 나는 환승고리에서 다운로드받은 새 미디어를 분류하기 시작했다. 자유무역항의 회사 구역에서는 볼 수 없었던 엔터테인먼트 채널이 몇 개 있었다. 그 안에는 새로운 작품과 액션 드라마가 많았다.

전에는 아무도 날 보지 않는 상태에서 오랫동안 자유로운 시간을 누린 적이 사실상 없었다. 다운로드받은 것을 모두 살펴보고 정리하고 여러 시스템과 고객의 피드를 감시할 필요 없이, 온전히 정신을 집중할 수 있는 여유에는 아직도 완전히 익숙해지지 않았다.

예전에는 근무를 하거나 호출을 기다리거나, 아니면 계약을 맡아서 활성화되기를 기다리며 대기 상태로 칸막이 안에 처박혀 있었으니까.

나는 재미있어 보이는(은하계 외부 탐사, 액션, 미스터리라고 태그가 붙어 있었다) 드라마 하나를 골라서 첫 번째 에피소드를 보기 시작했다. 나는 목적지에 도착하면 무얼 해야 하나 생각해야 할 때까지 빠져들 준비를 했다. 가능한 한 마지막 순간까지 그건 미루어둘 생각이었다. 그때 내 피드를 통해 뭔가가 말했다.

넌 운이 좋구나.

나는 일어나 앉았다. 전혀 예상하지 못한 일이었다. 내 유기체 부분에서 아드레날린이 분비되었다.

수송선은 말로 대화하지 않는다. 피드조차 통하지 않는다. 수송선은 이미지와 데이터 열을 이용해 문제가 있다고 경고할 뿐, 대화를 할 수 있도록 만들어지지 않는다. 그래도 나는 괜찮았다. 나 역시 대화를 하게 만들어진 건 아니니까. 첫 번째 수송선에 탔을 때 나는 저장해둔 미디어를 공유했고, 수송선은 내가 어디에 있는지 아무도 모르게 할 수 있도록 내게 통신과 피드 접속 권한을 주었다. 우리의 소통은 그 정도까지였다.

나는 피드를 통해 조심스럽게 살펴보았다. 내가 속은 것인지 궁금했다. 내게는 스캔할 수 있는 능력이 있었지만 드론이 없으면 범위가 한정적이었다. 게다가 나를 둘러싸고 있는 온갖 차폐물과 장비 때문에 우주선 시스템에서 나오는 배경 신호를 빼고는 아무것도 포착할 수 없었다. 누군지는 몰라도 이 우주선의 소유주는 독점적인 연구를 염두에 두었던 모양이었다. 보안카메라는 오로지 승강구에만 달려 있었고 승무원 공간에는 하나도 없었다. 아니면 내가 접속할 수 없는 것이거나. 그러나 피드 속의 그 존재는 인간이나 증강인간이라기에는 너무 크고 흩어져 있었다. 그걸 보호하는 피드 방화벽을 통해서도 그 정도는 알 수 있었다. 그리고 마치 봇처럼 들렸다. 인간은 피드를 통해 말할 때 머릿속으로 발성을 해야 했고, 인간의 정신적인 목소리는 육체적인 목소리와 비슷하게 들리는 경향이 있다. 인터페이스를 완전히 갖춘 증강인간이라고 해도 그렇다.

어쩌면 그건 친근하게 굴려고 하는데 의사소통에 서투를 뿐일지도 몰랐다. 내가 큰 소리로 말했다.

"내가 왜 운이 좋지?"

아무도 네가 뭔지 모르니까.

별로 안도감이 느껴지는 답은 아니었다. 내가 신중하게 말했다.

"넌 내가 뭐라고 생각하는 거지?"

만약 그게 적대적이라면 내게는 선택의 여지가 별로 없었다. 수송선봇은 우주선 말고는 몸체가 없다. 뇌에 해당하는 것은 내 위쪽, 인간 승무원이 배치되는 선교 근처에 있었다. 그리고 내게 달리 갈 데가 있는 것도 아니었다. 우리는 환승고리에서 빠져나오고 있었으며 웜홀을 향해 천천히 전진하고 있었다.

그게 말했다.

너는 탈주한 보안유닛이야. 지배모듈이 망가진 봇/인간 구성체.

그게 피드를 통해 나를 건드렸고, 나는 움찔했다. 그게 말했다.

내 시스템을 해킹하려는 시도는 하지 마.

그러고는 0.00001초 만에 자신의 방화벽을 내렸다. 내가 상대하고 있는 대상의 생생한 이미지를 확인하기에 충분한 시간이었다. 그것의 기능 중에는 은하 외부의 천체 분석도 있었는데, 화물을 나르는 지금은 다음 임무를 기다리며 처리 능력을 모두 대기 상태로 돌려놓았다. 그건 피드를 통해 나를 벌레처럼 짓눌러버릴 수 있었다. 내 방화벽과 다른 방어 수단을 뚫고 들어와 내 기억을 날려버릴 수도 있었다. 아마도 그러는 동시에 웜홀 도약을 계산하고, 향후 6만 6천 시간 동안 승무원 전체의 영양소 필요량을 추산하고, 의무실에서 복수의 신경외과 수술을 집도하고, 동시에 타블라tavla 보드게임에서 선장을 박살낼 수 있을 것이다. 이렇게 강력한 존재와 직접 상호작용해본 건 처음이었다.

　실수했다, 살인봇아. 아주 큰 실수를 했어. 심술을 부릴 정도로 지성이 있는 수송선인 줄 내가 어떻게 알았겠는가? 엔터테인먼트 피드에는 언제나 사악한 봇이 나왔지만 그건 실제가 아니었다. 그냥 무서운 이야기, 판타지에 불과했다.

나는 그게 판타지라고 생각했다.

"그래."

내가 말하며 피드를 닫고 의자에 주저앉았다.

나는 보통 인간들과 같은 방식으로 뭔가를 두려워하지는 않는다. 총은 수백 번 맞아봤다. 하도 많아서 이제는 세지도 않는다. 하도 많아서 회사에서도 안 센다. 적대적인 동물에게 씹혀보기도 했고, 무거운 기계에 깔려보기도 했고, 심심한 고객에게 고문을 당해보기도 했고, 기억이 지워져보기도 하는 등 여러 가지 일을 당했다. 그러나 내 머릿속만큼은 3만 3천 시간 이상 나 자신이었고, 나는 그것에 익숙했다. 나는 지금 그대로의 나를 지키고 싶었다.

수송선은 대답하지 않았다. 나는 수송선이 나를 해칠 수 있는 온갖 방법과 그에 대한 대응책, 내가 역으로 피해를 주는 방법을 떠올리려고 애썼다. 그건 봇이라기보다는 보안유닛에 가까웠다. 아주 비슷해서 나는 그게 구성체는 아닌지, 시스템 어딘가에 복제한 유기체 뇌 조직을 넣어놓은 건 아닌지 궁금해졌다. 나는 한 번도 다른 보안유닛을 해킹하려 해본 적이 없었다. 어쩌면 여행 동안 대기 상태로 들어가 목적지에 도착했을 때 깨어나도록 해놓는 게 가장 안전할 수도 있었다. 하지만 그러면 그 녀석의 드론에 무력해질 터였다.

나는 1초 1초 흘러가는 시간에 집중하며 그게 반응하기를 기다렸다. 녀석은 내가 카메라가 부족하다는 사실을 눈치챘다. 굳이 우주선의 보안시스템을 해킹하려 하지 않은 게 다행이었다. 이제 왜 인간들이 추가적인 보호가 필요하다고 생각하지 않았는지 알 수 있었다. 환경을 이 정도로 완전히 장악할 수 있고 자발적으로 자유롭게 행동할 수 있는 봇이라면 어떤 승선 시도도 물리칠 수 있을 것이었다.

그런데 내게는 해치를 열어주었다. 내가 들어오기를 원했던 것이다.

으음.

그때 그게 말했다.

보던 거 계속 봐도 돼.

나는 그냥 조심스럽게 그 자리에 웅크리고 있었다. 그게 덧붙였다.

부루퉁해 있지 말고.

나는 두려웠다. 하지만 그러자 짜증이 나서 그게
내게 하고 있는 짓이 그다지 새로운 게 아니라는 점
을 보여주었다. 내가 피드를 통해 메시지를 보냈다.

보안유닛은 부루퉁하지 않아. 그러면 지배모듈이 처벌한다고.

그리고 내 기억장치에서 꺼낸 짤막한 기록을 첨부
해 그게 정확히 어떤 느낌인지 알려주었다.

1초 1초가 모여 1분이 되더니 다시 3분이 되었다.
인간이 보기에는 긴 시간이 아닌 것 같지만 봇끼리
의, 아니 실례, 봇/인간 구성체와 봇 사이의 대화치고
는 긴 시간이었다.

이윽고 그게 말했다.

놀라게 해서 미안해.

흠, 좋아. 내가 그 사과를 믿었다고 생각한다면 넌
살인봇을 잘 모르는 거야. 아무래도 그게 나와 게임
을 하고 있는 것 같았다. 내가 말했다.

"난 네게 아무것도 바라지 않아. 그냥 네 다음 목적
지까지 타고 가고 싶을 뿐이야."

녀석이 해치를 열어주기 전에도 설명했지만 반복

할 만한 가치가 있었다.

그게 방화벽 뒤로 물러나는 게 느껴졌다. 나는 기다렸다. 그리고 내 순환계가 두려움 때문에 발생한 화학물질을 제거하게 했다. 더 많은 시간이 흘러갔고 나는 지루해지기 시작했다. 이런 식으로 여기 앉아 있는 건 활성화된 뒤에 다음번의 지루한 계약을 위해 새로운 고객에게 배송되기를 기다리며 칸막이방 안에 있는 것과 너무 비슷했다. 만약 녀석이 나를 파괴할 생각이라면 그렇게 되기 전에 적어도 드라마는 좀 볼 수 있으리라. 나는 새로운 드라마를 다시 시작했다. 하지만 기분이 너무 엉망이라 즐겁게 볼 수가 없어서 멈추고 〈거룩한 위성〉의 옛날 에피소드를 다시 보기 시작했다.

세 편을 보고 나니 마음이 좀 더 차분해졌고, 나는 마지못해 수송선의 관점에서 이 상황을 보기 시작했다. 보안유닛은 조심하지 않을 경우 상당한 내부 손상을 일으킬 수 있다. 그리고 탈주한 보안유닛은 조용히 숨어 다니며 문제를 회피하는 편이 아니다. 나는 지난번에 탔던 수송선에 해를 끼치지 않았지만 녀

31

석은 그 사실을 몰랐다. 나는 이 수송선이 정말로 나를 해치려는 게 아니었다면 왜 태워줬는지 이해할 수 없었다. 내가 수송선이었다고 해도 나를 믿지 못했을 터였다.

어쩌면 녀석도 나와 같을지 몰랐다. 자신이 무엇을 원하는지 알고 있기 때문이 아니라, 그저 기회가 있으니 붙잡은 것일 수도 있었다.

그래도 그건 여전히 재수 없었다.

여섯 편을 보고 나자 피드에 녀석이 다시 어슬렁거리는 게 느껴졌다. 내가 녀석의 존재를 알고 있다는 사실을 녀석도 알고 있을 게 분명했다. 하지만 나는 무시했다. 인간 식으로 표현하자면, 큰 소리로 숨을 몰아쉬며 내 등에 기댄 채 어깨너머로 개인용 디스플레이를 엿보고 있는 덩치 큰 사람을 무시하려고 하는 것과 같다.

* * *

나는 그게 피드에서 내 주변을 어슬렁거리는 동안

〈거룩한 위성〉의 에피소드 일곱 편을 더 보았다. 그때 녀석이 내게 신호를 보냈다. 마치 자신이 여태까지 계속 내 피드에 있는 걸 내가 모르기라도 했다는 듯이. 그러고는 녀석이 날 방해했을 때 내가 막 보기 시작했던 새로운 모험 드라마를 다시 봐달라는 요청을 보냈다.

(그건 〈세상 뛰어넘기〉라는 제목으로, 웜홀과 환승고리 네트워크를 비거주 항성계로 확장한 프리랜서 탐험가에 대한 이야기였다. 아주 비현실적이고 부정확해 보여서 내 마음에 쏙 들었다.)

"처음 여기 탔을 때 내 미디어 사본을 다 줬잖아."

내가 말했다. 나는 그게 내 고객이기라도 한 것처럼 피드를 통하지 않고 이야기할 작정이었다.

"그걸 보기나 했어?"

바이러스성 악성 코드와 다른 위험 요소를 조사했지.

그러면 엿이나 먹어라. 나는 그렇게 생각하고 다시 〈거룩한 위성〉으로 주의를 돌렸다.

2분 뒤에 그게 다시 신호와 요청을 보냈다.

내가 말했다.

"네가 직접 봐."

시도해봤어. 나는 너를 필터로 삼아서 볼 때 미디어를 더 쉽게 처리할 수 있어.

나는 잠깐 멈출 수밖에 없었다. 뭐가 문제인지 이해가 되지 않았다.

그게 설명했다.

내 승무원들이 미디어를 재생할 때 나는 그 맥락을 처리할 수 없어. 인간의 상호작용과 내 선체 외부의 환경은 아주 생소하거든.

이제 이해가 됐다. 무슨 일이 벌어지고 있는 건지 녀석이 제대로 이해하려면 드라마에 대한 내 반응을 읽어야 한다는 소리였다. 인간은 봇(그리고 구성체)과는 다른 방식으로 피드를 사용했다. 그래서 승무원이 미디어를 볼 때는 그 반응이 데이터의 일부가 되지 않았다.

나는 수송선이 개척지에서 일어나는 이야기인 〈거룩한 위성〉보다 거대한 탐사선의 승무원에 대한 이야기인 〈세상 뛰어넘기〉에 더 관심이 있다는 사실이 이상하게 느껴졌다. 일하는 것과 너무 비슷하지 않은

가. 나는 탐사대와 광산 시설이 나오는 드라마는 피했다. 하지만 어쩌면 녀석에게는 익숙한 게 더 쉬울지도 몰랐다.

나는 싫다고 말하고 싶은 충동을 느꼈다. 하지만 보고 싶은 드라마를 보는 데 내가 필요하다면, 최소한 화가 나서 내 두뇌를 파괴하는 일은 없을 터였다. 게다가 나도 그 드라마를 보고 싶었다.

"그건 현실적이지 않아." 내가 녀석에게 말했다. "드라마는 현실적인 게 아니야. 다큐멘터리가 아니라 이야기란 말이지. 그 점에 대해 불평할 거면 나는 그만 볼 거야."

불평하지 않도록 참겠어.

녀석이 말했다. (가장 빈정거리는 말투를 상상해보라. 그러면 그 말이 어떻게 들렸는지 짐작할 수 있을 것이다.)

그래서 우리는 〈세상 뛰어넘기〉를 보았다. 녀석은 현실성이 없다고 불평하지 않았다. 세 편을 보고 나자 녀석은 별 비중 없는 인물이 하나씩 죽을 때마다 동요했다. 스무 번째 에피소드에서 주요 인물 한 명이 죽자, 녀석은 봇이 진단을 돌려야 하는 척하면서

벽을 가만히 바라보고 있는 것에 해당하는 행동을 하며 7분 동안 피드에 머물러 있었고 나는 재생을 멈춰야 했다. 그리고 네 편 뒤에 그 인물이 다시 살아나자 녀석이 너무 안도하는 바람에 우리는 그 에피소드를 세 번 보고서야 넘어갈 수 있었다.

주요 줄거리 중 하나의 절정 부분에서 우주선이 괴멸적인 손상을 입고 승무원들이 죽거나 다쳤다는 암시가 나오자 수송선은 겁이 나서 보지 못했다. (물론 그렇게 표현하지는 않았지만, 진짜였다. 겁이 나서 보지 못했다.) 그때쯤에는 나도 녀석에게 아주 관대한 기분이 되어서 기꺼이 한 번에 1~2분씩 보면서 천천히 에피소드에 익숙해질 수 있게 해주었다.

드라마가 끝난 뒤에도 녀석은 가만히 있었다. 진단을 돌리는 척하지도 않았다. 10분 동안이나 가만히 있었다. 그 정도로 정교한 봇에게는 엄청난 처리 시간이었다. 그러더니 녀석이 말했다.

다시 보게 해줘.

그래서 나는 첫 에피소드부터 다시 보았다.

* * *

〈세상 뛰어넘기〉를 두 번 더 돌려본 뒤에 녀석은 내게 있는 드라마 중에서 우주선에 탄 인간이 나오는 것을 모두 보고 싶다고 했다. 하지만 우주선 선체에 균열이 생겨 압력이 낮아지면서 승무원 몇 명이 죽은 (이번에는 영구적으로) 실화에 기반한 드라마를 본 뒤에는 녀석이 너무 당황하는 바람에 콘텐츠 필터를 만들어야 했다. 녀석에게 휴식을 주기 위해 나는 〈거룩한 위성〉을 제안했고 녀석은 동의했다.

에피소드 네 개를 보더니 녀석이 내게 물었다.

이 이야기에는 보안유닛이 안 나와?

내가 〈거룩한 위성〉을 가장 좋아하는 게 자기가 〈세상 뛰어넘기〉를 가장 좋아하는 것과 같은 이유에서라고 생각한 게 분명했다. 내가 말했다.

"안 나와. 보안유닛이 나오는 드라마는 그렇게 많지 않아. 그리고 나와도 악당이거나 악당의 부하지."

엔터테인먼트 미디어에 등장하는 보안유닛은 전부 탈주자였다. 아마도 누가 수리용 칸막이방을 만들었는지는 잊은 채 모든 인간을 죽이려고 돌아다니는 듯했다. 몇몇 최악의 드라마에서는 보안유닛이 이따금 인간 등장인물과 섹스를 하기도 한다. 이건 섬뜩할 정도로 부정확할 뿐 아니라 해부학적으로 까다로운 일이다. 성교와 관련된 인간의 부위를 갖고 있는 구성체는 보안유닛이 아니라 섹스봇이다. 섹스봇에는 무기 시스템이 내장되어 있지 않다. 따라서 섹스봇과 보안유닛을 혼동하는 건 쉽지 않다. (보안유닛은 인간 혹은 어떤 종류의 섹스에도 전혀 관심이 없다. 그건 내가 잘 안다.)

이해는 한다. 시각 매체에서 현실적인 보안유닛을 보여주는 건 어려웠을 것이다. 뇌가 멍해지는 지루함 속에서 몇 시간씩 서 있고, 그동안 고객은 불안해하며 내가 거기에 없는 듯이 행동하려고 애를 쓰는 장면도 보여줘야 할 테니까. 책에도 보안유닛 묘사가 나오지 않는 건 마찬가지였다. 아마도 관점을 갖고 있지 않다고 생각하는 존재의 관점에서 이야기를 진행할 수는 없었을 것이다.

그게 말했다.

묘사가 비현실적이야.

(아까도 말했듯이 녀석이 하는 말은 전부 가능한 한 빈정거리는 투로 상상하시길.)

"현실에서 벗어나게 해주는 비현실이 있고, 모든 사람이 우리를 두려워한다는 사실을 일깨워주는 비현실이 있지."

엔터테인먼트 피드에 나오는 보안유닛은 고객이 예상하는 모습 그대로였다. 지배모듈이 있는데도 아무 이유 없이 언제든 폭주할 수 있는 무자비한 살인 기계.

수송선은 1.6초 이상 그 점에 대해 생각했다. 녀석이 좀 덜 빈정거리는 투로 말했다.

너는 네 기능을 싫어하는구나. 그게 어떻게 가능한지 이해가 안 가.

녀석의 기능은 자신이 생각하는 매혹적이고 끝없는 느낌의 우주를 여행하며 인간 혹은 승객을 금속 선체 안에 안전하게 보호하는 것이다. 내가 내 기능을 싫어하는 걸 이해하지 못하는 것도 당연했다. 녀석의 기능은 멋졌다.

"내 기능의 일부는 마음에 들어."

나는 인간과 그 외 무언가를 보호하는 일이 좋았다. 보호할 수 있는 영리한 방법을 찾아내는 게 좋았다. 나는 내가 옳은 게 좋았다.

그러면 왜 여기 있는 거지? 너는 보호자를 찾는 '자유로운 봇'이 아니잖아. 그 보호자란 아마도 우리가 얼마 전에 떠나 온 환승고리의 공용 통신망을 통해서 간단하게 메시지를 보낼 수 있는 사람이 아니겠지.

나는 그 질문에 허를 찔렸다. 녀석이 자기 자신 이외의 다른 것에 관심이 있으리라고는 생각하지 못했던 탓이다. 나는 머뭇거렸다. 하지만 녀석은 이미 내가 보안유닛이라는 사실을 알았다. 그리고 내가 여기 있는 게 합법적이고 괜찮은 상황이 전혀 아니라는 사실도 알았다. 녀석이 내가 누군지를 알고 있는 게 나을 수도 있었다. 나는 자유무역항의 뉴스에서 복사한 내 사진을 피드에 보냈다.

"이게 나야."

보존지원단의 멘사 박사가 너를 구입한 뒤에 떠나게 허락해주었다고?

"그래. 〈세상 뛰어넘기〉 또 볼래?"

나는 입 밖에 내자마자 그렇게 물은 걸 후회했다. 녀석은 그 질문이 주의를 돌리려는 시도임을 알았다.

하지만 녀석이 말했다.

나는 인가받지 않은 승객이나 화물을 받을 수 없어. 그리고 네가 있었다는 증거를 숨기기 위해 내 일지를 변경해야 해.

그러고 잠깐 머뭇거렸다.

그러니까 우리 둘 다 비밀이 있는 거지.

멍청하게 들릴지도 모른다는 걱정 말고는 말하지 않을 이유가 없었다.

"나는 허락받지 않고 떠났어. 멘사 박사는 보존 연합에 가서 함께 살자고 했지만, 그곳에서는 내가 필요 없어. 거기서는 보안유닛이 필요하지 않으니까. 그리고 난… 내가 뭘 원하는지 몰랐어. 보존 연합에 가고 싶은지, 아닌지. 내가 인간 보호자를 원하는지도. 그건 소유주를 뜻하는 다른 단어일 뿐이지만. 행성보다는 정거장에서 탈출하는 게 쉽다는 건 알았지. 그래서 떠났어. 넌 왜 나를 태워준 거야?"

나는 녀석이 자신에 대해 이야기하도록 유도해서

정신을 딴 데로 돌릴 수 있을지도 모른다고 생각했다. 이번에도 틀렸다. 그게 말했다.

너에게 호기심을 느꼈어. 화물 수송은 승객이 없으면 지루하기도 하지. 넌 라비하이랄 광산 시설 큐 정거장으로 가려고 떠났어. 왜지?

"나는 회사에서 멀어지려고 자유무역항을 떠난 거야."

녀석은 기다렸다.

"시간이 생겨서 생각을 좀 해본 뒤에 라비하이랄로 가기로 한 거지. 뭔가 연구를 해야 하는데, 그러기에 가장 좋은 장소거든."

나는 연구를 언급하면 질문을 멈출 수 있을지도 모른다고 생각했다. 녀석은 연구를 이해하니까. 아니었다. 별로 그렇지 않았다.

환승고리에는 공공 도서관 피드가 있었어. 행성별 아카이브와 정보 교환도 되지. 왜 거기서 연구하지 않아? 내 선내 아카이브는 방대해. 왜 거기에 접속하려고 하지 않았어?

나는 대답하지 않았다. 30초를 꼬박 기다렸고, 녀석이 말했다.

구성체의 시스템은 근본적으로 진보한 봇보다 열등해. 하지만 너는 멍청하지 않아.

그래, 너도 엿이나 먹어라.

나는 생각했다. 그리고 기능 정지 과정을 시작했다.

3

나는 4시간 뒤에 갑자기 깨어났다. 자동 재충전 주기가 시작되면서다. 그 즉시 수송선이 말했다.

쓸데없이 어린애 같은 행동이었어.

"네가 어린애에 대해 뭘 알아?"

녀석의 말이 옳았기 때문에 나는 더 화가 났다. 내가 기능을 정지시키고 비활성 상태로 들어가면 인간은 가버리거나 주의를 돌렸을 것이다. 하지만 수송선은 그저 논쟁이 계속 이어지기를 기다렸다.

내 승무원 중에는 교사와 학생도 있어. 나는 어린애 같음의 사례를 많이 축적했지.

나는 흥분한 채로 그냥 앉아 있었다. 다시 드라마를 보고 싶었지만 그랬다간 녀석이 내가 굴복했다는 뜻으로, 피할 수 없는 일을 받아들인 것으로 생각할 터였다. 내가 존재한 이래로, 적어도 기억하는 한에서, 나는 피할 수 없는 일을 받아들이기만 했다. 나는 그것에 진력이 났다.

우리는 이제 친구야. 나는 네가 왜 계획에 대해 상의하려 하지 않는지 이해할 수 없어.

그건 정말로 놀랍고, 화가 치밀게 하는 말이었다.

"우리는 친구가 아니야. 우리가 항해 중일 때 네가 처음 한 일은 나를 협박한 거였어."

내가 지적했다.

네가 날 해치려는 시도를 하지 않을 거라는 확신이 필요했어.

나는 녀석이 '의도' 대신에 '시도'라는 표현을 썼다는 사실에 주목했다. 만약 내 의도에 조금이라도 신경을 썼다면 애초에 나를 태워주지도 않았을 것이다. 녀석은 자신이 일개 보안유닛보다 훨씬 더 강하다는 사실을 내게 보여주며 즐거워했던 것이다.

'시도'라는 말이 틀린 건 아니다. 다만 드라마를 보

는 동안 나는 수송선의 자체 공공 피드에 있는 배치도와 데이터베이스의 보안이 되어 있지 않은 구역에서 찾은 유사한 수송선의 제원을 이용해 녀석을 조금 분석할 수 있었다. 녀석을 작동 불능 상태로 만들 수 있는 스물일곱 가지 방법과 폭파할 수 있는 세 가지 방법을 찾아냈다. 하지만 나는 상호확증파괴 시나리오에는 관심이 없었다.

만약 무사히 여기서 빠져나간다면 다음번에는 더 친절하고 멍청한 수송선을 찾아야 했다.

나는 대꾸하지 않았다. 그때쯤에는 나도 녀석이 그걸 참지 못한다는 사실을 알고 있었다. 녀석이 말했다.

내가 사과했잖아.

그래도 나는 대꾸하지 않았다. 녀석이 덧붙였다.

내 승무원들은 언제나 나를 믿을 만하다고 생각해.

녀석에게 〈세상 뛰어넘기〉 전편을 다 보여주지 말았어야 했다.

"나는 네 승무원이 아니야. 나는 인간이 아니야. 난 구성체라고. 구성체와 봇은 서로 신뢰할 수 없어."

아까운 10초 동안 녀석은 조용히 있었다. 하지만 피드 활동량을 보니 뭔가 하고 있다는 걸 알 수 있었다. 나는 그게 데이터베이스를 뒤지며 내 발언에 반박할 방법을 찾고 있음을 깨달았다. 곧 녀석이 말했다.

왜 그렇지?

나는 아주 오랫동안 인간들이 던지는 멍청한 질문에 잘 견디는 척해왔다. 더 잘 참았어야 했는데 그만 이렇게 말해버리고 말았다.

"왜냐하면 우리는 둘 다 인간의 명령을 따라야 하니까. 인간은 네게 내 기억을 지우라고 할 수 있어. 인간은 내게 네 시스템을 파괴하라고 할 수 있고."

내가 녀석을 파괴하는 건 사실상 가능하지 않다고 주장할 줄 알았다. 그러면 대화 전체가 틀어졌을 것이다.

그러나 녀석은 말했다.

지금 여기에는 인간이 없어.

내가 스스로 분명히 밝히도록 만들기 위해 설명이 필요한 척하는 이 수송선과의 대화가 이제 막다른 골

목에 다다랐다는 사실을 깨달았다. 나는 나 자신과 녀석 중에서 어느 쪽에 더 짜증이 나 있는지 헷갈렸다. 아니, 분명히 녀석에게 더 짜증이 났다.

나는 이 일에 대해 생각하는 대신 다시 드라마를, 아무 드라마라도 보고 싶다고 생각하며 한동안 가만히 앉아 있었다. 나는 피드에서 녀석을 느낄 수 있었다. 항로를 유지하는 데 필요한 극히 일부를 제외한 나머지 의식을 모두 내게 집중한 채 지켜보며 기다리고 있었다.

나에 대해 안다고 해서 정말 문제가 되는 걸까? 알게 되면 녀석이 나에 대한 평가를 바꿀까 봐 두려운 걸까? (내가 아는 한 녀석의 평가는 이미 상당히 낮았다) 재수 없는 연구용 수송선이 나를 어떻게 생각하는지 정말로 내가 신경 쓰고는 있는 걸까?

나 스스로에게 이런 질문을 던지지 말았어야 했다. 무관심의 파도가 나를 덮쳐오는 것을 느꼈고, 나는 그렇게 내버려두면 안 된다는 사실을 알고 있었다. 대단한 건 아니어도 내 계획대로 할 생각이라면 신경을 써야 했다. 만약 그냥 신경을 꺼버린다면 내가 어디서 최후를 맞이하게 될지 알 수 없었다. 드라마를 보면서 멍청한 수송선을 타고 다니다가 누군가가 나를 붙잡아 아마도 다시 회사에 팔거나, 아니면 내 비유기체 부분을 노리고 죽일 터였다.

내가 말했다.

"약 3만 5천 시간 전쯤에 나는 라비하이랄 광산 시설 큐 정거장에서 계약을 맡았어. 임무 도중에 폭주해서 고객의 상당수를 죽였지. 그 사건에 관한 내 기억은 부분적으로 지워졌어."

보안유닛의 기억 삭제는 언제나 부분적이다. 우리 머릿속에 있는 유기체 부분 때문이다. 유기체 신경 조직의 기억은 지울 수가 없다.

"그 사건이 내 지배모듈의 치명적인 고장 때문에 일어난 건지 알아야 해. 나는 그렇다고 생각하지만, 정말로 그런지 확실히 알아야 해."

나는 머뭇거렸다. 하지만 알게 뭐야. 녀석은 이미 다른 모든 것을 알고 있는데.

"내가 그 사고를 일으키려고 내 지배모듈을 해킹한 건지 아닌지 알아야 해."

반응이 어떨지 예상할 수 없었다. 나는 ART(재수 없는 연구용 수송선Asshole Research Transport)가 보안유닛보다 고객에게 더 깊은 애착을 갖고 있다는 사실을 알았다. 자신이 싣고 다니며 함께 일하는 인간에게 그런 감정이 없었다면 〈세상 뛰어넘기〉의 등장인물에게 무슨 일이 생겼을 때마다 그렇게 동요하지 않았을 것이다. 인간 승무원들이 다친 실화에 기반한 이야기를 전부 걸러낼 필요도 없었을 것이다. 나는 녀석이 어떻게 느끼는지 알고 있었다. 내가 멘사와 보존 연합에 대해 그렇게 느꼈기 때문이다.

녀석이 말했다.

그 사건에 대한 네 기억은 왜 지워졌어?

그건 예상하지 못한 질문이었다.

"왜냐하면 보안유닛은 비싸고, 회사는 나한테 추가로 돈을 더 들이고 싶지 않았기 때문이야."

나는 내가 안절부절못했으면 좋겠다고 생각했다. 녀석에게 아주 기분 나쁜 말을 해서 나를 가만히 내버려두게 만들고 싶었다. 정말로 이 일은 좀 그만 생각하고 〈거룩한 위성〉을 보고 싶었다.

"고장 때문에 고객을 죽인 뒤에 지배모듈을 해킹했 거나, 고객을 죽이려고 지배모듈을 해킹했거나. 가능 성은 두 가지밖에 없어."

구성체는 전부 그렇게 비논리적이야?

엄청난 처리 능력을 갖추고 있으면서도 허구의 드 라마 때문에 감정적으로 흔들려서 내가, 비유적으로 말하자면, 손을 잡아줘야만 했던 재수 없는 연구용 수송선이 말했다. 녀석은 내가 무슨 말을 하기도 전 에 덧붙였다.

그건 가장 먼저 고려했어야 할 두 가지 가능성이 아니야.

나는 그게 무슨 뜻인지 알 수 없었다.

"좋아. 그러면 가장 먼저 고려했어야 할 두 가지 가 능성은 뭔데?"

그런 일이 일어났거나, 일어나지 않았거나지.

＊ ＊ ＊

나는 일어서서 방안을 거닐어야 했다.

ART는 나를 무시한 채 계속 말했다.

만약 그 일이 일어났다면 네가 원인일까? 외부의 영향이 너를 이용해 그 일이 일어나도록 한 건 아닐까? 만약 외부의 영향 때문이었다면 왜 그랬을까? 그 사건으로 누가 이익을 봤을까?

문제를 명확하게 정리해서 ART는 기분이 좋은 모양이었다. 나는 기분이 애매했다.

"내가 지배모듈을 해킹할 수 있었다는 건 내가 알아." 나는 내 머리를 가리켰다. "해킹을 했으니까 내가 여기 있는 거겠지."

만약 지배모듈을 해킹할 수 있는 네 능력이 그 사건을 일으켰다면, 왜 그런 능력은 정기적으로 점검받지 않았으며, 왜 지금의 해킹된 상태는 탐지되지 않는 거지?

만약 내가 정기 진단을 속여 넘길 수 없다면 지배모듈을 해킹하는 건 의미가 없을 터였다. 하지만… 회사가 인색하고 일 처리가 엉성한 것은 맞아도 멍청하지는 않았다. 아마도 내가 기업 사무실에 붙어 있는 배치 센터에 보관되어 있었기에 잠재적인 위험을 예견하지 못했을 것이다.

ART가 말했다.

그 사건을 완전히 이해하기 위해서 연구가 더 필요하다는 점

에서는 네가 옳아. 어떻게 진행할 계획이야?

나는 걸음을 멈췄다. 나는 어떻게 진행할지 알고 있었다. 라비하이랄로 가서 정보를 찾는 것이다. 회사의 지식 데이터베이스에 내가 몰래 접속할 수 있는 건 없었다. 그러나 라비하이랄의 시스템은 보호가 그다지 잘 안 되어 있을 수도 있었다. 그 장소를 다시 본다면 내 인간 신경 조직에서 뭔가 불꽃이 튈지도 몰랐다. (혹시 모르는 일이겠지만, 거기에 큰 기대를 걸고 있지는 않았다.) 나는 ART가 나를 함정에 빠뜨려 인정하고 싶지 않은 것을 인정하게 만들려고 이미 답을 알고 있으면서 내게 질문하는 짓을 또 하고 있다는 걸 눈치챘다. 나는 곧바로 결론으로 건너뛰기로 했다.

"무슨 뜻이야?"

너는 보안유닛으로 확인이 될 거야.

그건 조금 찔렸다.

"증강인간으로 보일 수도 있어."

증강인간은 여전히 인간으로 간주되었다. 나는 보안유닛으로 보일 만큼 이식을 많이 받은 증강인간이 있는지는 모른다. 그렇게 많은 이식을 원하는 인간이 있을 것 같지는 않다. 혹은 그래야만 할 정도로 치명적인 부상을 입고도 살아남을 것 같지도 않다. 하지만 인간은 이상하다. 어쨌든 나는 정말 어쩔 수 없을 때를 제외하고는 눈에 띄지 않을 작정이었다.

너는 보안유닛처럼 보여. 보안유닛처럼 움직여.

녀석은 피드에 아주 다양한 이미지를 올리며, 수송선의 복도와 선실을 돌아다니는 내 모습과 똑같은 장소를 돌아다니는 다른 여러 승무원의 모습을 비교했다. 나는 그때 환승고리에서 벗어났다는 생각에 마음을 놓고 있었다. 하지만 그다지 마음을 놓고 있는 것처럼 보이지 않았다. 나는 순찰을 도는 보안유닛처럼 보였다.

"환승고리에서는 아무도 날 알아보지 못했어."

내가 말했다. 나는 내가 모험을 하고 있다는 사실을 알고 있었다. 내가 여기까지 올 수 있었던 건 상업용 환승고리에 있는 인간과 증강인간이 엔터테인먼트 피드나 뉴스에서 말고는 보안유닛을 보는 일이 없었기 때문이다. 거기서 우리는 대개 사람을 죽이고 다니거나 이미 산산이 조각나 있는 모습으로 나온다.

만약 내가 보안유닛과 장기 계약을 맺고 함께 일한 적 있는 사람의 눈에 띄었다면 내 정체를 들켰을 가능성이 컸다.

ART가 지도 목록을 불러왔다. 라비하이랄 광산 시설 큐 정거장은 어느 거대 가스행성의 세 번째로 큰 위성이었다. 지도가 회전하면서 다양한 광산 시설과 지원 센터, 항구가 밝게 빛났다. 항구는 단 하나였다.

이런 시설은 보안유닛을 고용할 예정이거나 이미 했을 거야. 너는 보안유닛과 일해본 경험이 있는 인간 책임자의 눈에 띌 거라고.

나는 ART가 옳은 말을 하면 기분이 나쁘다.

"그건 어쩔 수 없지."

넌 네 형태를 변형할 수 없어.

나는 피드를 통해 녀석의 회의적인 생각을 읽을 수 있었다.

"그래. 안 되지. 보안유닛의 제원을 보라고."

보안유닛을 변형하는 일은 절대 없지.

희의감이 강해지고 있었다. 녀석이 데이터베이스에서 보안유닛에 관한 정보를 모두 꺼내 흡수한 게 분명했다.

"없어. 섹스봇은 그렇게 하지만."

적어도 섹스봇을 변형하는 건 본 적이 있었다. 거의 표준 유닛 그대로에 약간의 변화만 가했지만 아주 많이 달라진 섹스봇도 있었다.

"하지만 그건 배치 센터의 수리용 칸막이방 안에서 이루어지는 일이야. 그런 비슷한 일을 하려면 나는 의무실이 필요하다고. 비상용 키트가 아니라 완전한 의무실."

녀석이 말했다.

나는 완전한 의무실이 있어. 거기서 변형을 할 수 있어.

그건 사실이었다. 그러나 ART에 있는 의무실이 아무 도움 없이 인간에게 수천 가지 시술을 할 수 있을 정도로 좋다고 해도 보안유닛을 육체적으로 변형하는 프로그램은 없을 터였다. 어쩌면 시술하는 동안 내가 안내를 할 수 있을지도 몰랐지만, 그러기에는 큰 문제가 있었다. 내 유기체와 비유기체 부분을 변형하는 동안 내가 비활성화 상태가 아니라면 치명적인 기능 손상을 입게 된다는 것이다.

"이론적으로는 그래. 하지만 변형되는 도중에는 내가 의무실을 조작할 수 없어."

내가 할 수 있어.

나는 아무 말도 하지 않고 내 기억을 다시 뒤지기 시작했다.

왜 대답을 안 해?

이쯤 되니 ART가 나를 가만히 두지 않으리라는 것쯤은 알 수 있었다. 그래서 내가 먼저 말을 꺼냈다. "내가 비활성화된 동안 너를 믿고 내 형태를 변형하게 하라는 거야? 내가 무력할 때?"

녀석은 뻔뻔하게도 기분이 상했다는 투로 말했다.

나는 여러 시술 과정에서 내 승무원을 보조해.

나는 일어서서 걷다가 2분 동안 격벽을 들여다보며 진단을 돌렸다. 마침내 내가 말했다.

"넌 왜 날 도우려는 거지?"

나는 대량의 데이터를 분석하며 승무원을 보조하는 일에 익숙해. 다른 수많은 실험들도. 수송선 역할을 할 때는 사용하지 않는 내 처리 능력이 성가시더라고. 네 문제를 해결하는 건 흥미로운 수평적 사고 훈련이야.

"심심하다는 말이야? 내가 그러니까 네가 가진 가장 좋은 장난감이라고?"

물품 목록에 올라 있을 때 감시받지 않는 스물한 주기의 비가동 시간을 얻을 수만 있다면 나는 뭐든 지불했을 것이다. 나는 ART가 불쌍하지 않았다.

"지루하면 내가 준 드라마를 봐."

나는 네가 폭주한 유닛으로서 생존이 위험해질 거라는 사실을 알아.

나는 정정하려다가 그만두었다. 나는 나 자신이 폭주했다고 생각하지 않았다. 지배모듈을 해킹했지만 명령에는 계속 따랐다. 전부는 아니어도 대부분을. 회사에서 탈출한 것도 아니다. 멘사 박사가 합법적으로 나를 구입했다. 내가 허락 없이 호텔을 떠나는 동안에도 멘사는 내게 떠나지 말라고 말하지 않았다. (그래. 마지막 말이 내 주장에 별로 도움이 안 된다는 건 나도 안다.)

폭주한 유닛은 인간과 증강인간 고객을 죽였다. 나도… 한 번은 그랬다. 하지만 자발적으로 그런 건 아니었다.

나는 그게 자발적이었는지 아닌지 알아내야 했다.

"앞으로도 무인 수송선을 타고 다니면 내 생존은 위협받지 않을 거야."

나를 협박하고, 내 선택에 의문을 제기하고, 내게 실험적인 수술을 해주겠다며 의무실로 들어가도록 설득하는 재수 없는 녀석만 피한다면 그럴 거다.

원하는 게 그게 다야? 너는 네 동료에게 돌아가고 싶지 않아?

내가 곧바로 내뱉었다.

"나는 동료가 없어."

녀석은 내가 줬던 뉴스 보도 이미지 한 장을 보냈다. 보존지원단이 단체로 찍은 사진이었다. 계약을 시작하면서 다 같이 회색 유니폼을 입고 웃으며 찍은 기념사진.

이게 네 동료 아니야?

뭐라고 대답해야 할지 알 수 없었다.

나는 미디어에 나오는 가상의 인간들에 대한 이야기를 보거나 혹은 읽고, 좋아하며 수천 시간을 보냈다. 그러다가 옆에서 지켜보며 좋아하게 된 진짜 인간들을 만났다. 그런데 누군가가 그 인간들을 죽이려고 했고 그들을 보호하는 과정에서 나는 지배모듈을 해킹했다는 사실을 말해야만 했다. 그래서 떠났다. (그래. 나도 그게 그렇게 단순하지 않다는 건 안다.)

나는 왜 형태를 바꾸고 싶지 않은지, 나아가 왜 나 자신을 보호하는 데 도움이 되는 일을 하려 하지 않는지 생각해보려고 노력했다. 어쩌면 인간들이 섹스봇에게 하는 짓 때문일지도 몰랐다. 나는 살인봇이니까 더 나은 대접을 받아야 한다는 건가?

나는 지금보다 더 인간처럼 보이고 싶지 않았다. 장갑을 입고 있을 때도 한 번 보존지원단의 고객들이 내 인간 얼굴을 본 적이 있었는데, 나를 사람처럼 대하고 싶어 했다. 나를 호퍼의 승무원 구역에 태우지를 않나, 전략회의에 부르지를 않나, 내게 말을 걸지를 않나. 내 감정에 관해 묻기도 하고. 나는 그걸 참을 수 없었다.

그러나 이제 나에겐 장갑이 없었다. 내 외양과 증강인간으로 통할 수 있는 능력이 새로운 장갑이 되어야 했다. 보안유닛에 익숙한 인간들 사이에서 통하지 않는다면 소용없는 일이었다.

하지만 그건 의미 없어 보였다. 그리고 다시 한번 '관심 없어'의 파도가 밀려오는 기분이었다. 내가 왜 관심을 가져야 하지? 나는 인간이 좋다. 나와 상호작용할 수 없는 엔터테인먼트 피드 속의 인간을 보는 게 좋다. 그곳에서는 나와 인간 모두 안전했다.

만약에 멘사 박사 일행과 함께 보존 연합으로 돌아갔다면 멘사가 내 안전을 보장할 수 있었을지도 모른다. 하지만 내가 나 자신으로부터 멘사 박사의 안전을 확실히 보장할 수 있었을까?

내 육체의 형태를 바꾼다는 건 아직도 과도한 행동 같았다. 하지만 지배모듈을 해킹하는 것도 과도한 행동이었다. 멘사 박사를 떠나는 것도 과도한 행동이었다.

ART가 거의 애처로운 기색으로 말했다.

나는 이게 왜 어려운 선택인지 이해가 안 돼.

나도 그랬다. 하지만 녀석에게 그렇다고 말하지는 않을 생각이었다.

* * *

생각을 정리하는 데 두 주기가 걸렸다. 나는 ART에게 그에 관해, 혹은 다른 무엇에 관해서도 이야기하지 않았지만 우리 둘은 계속 함께 드라마를 봤다. 녀석은 생각지도 못했던 자제력을 발휘해 나와 논쟁을 하려 들지 않았다.

내가 지금까지 운이 좋았다는 건 알았다. 자유무역항을 떠나려고 탔던 수송선에서는 나와 인간의 영상을 비교해 보며 내가 보안유닛이라는 사실을 들키게 할 만한 요소를 찾아내려고 애썼다. 가장 쉽게 고칠 수 있었던 행동은 쉬지 않는 움직임이었다. 인간과 증강인간은 서 있을 때 수시로 무게중심을 바꾼다. 뜻밖의 소리나 밝은 불빛에 반응하고, 자기 몸을 긁고, 머리를 만지고, 거기 있다는 걸 이미 알면서도 물건을 확인하려 주머니나 가방 속을 들여다본다.

보안유닛은 움직이지 않는다. 우리의 기본 행동은 가만히 서서 보호하는 대상을 쳐다보는 것이다. 이건 우리의 비유기체 부분이 유기체 부분과 달리 움직임이 필요하지 않기 때문이기도 하지만, 보통 우리가 시선을 끌기 싫어하기 때문이다. 이례적인 움직임을 조금만 보여도 인간은 우리에게 뭔가 잘못된 게 있다고 생각하게 마련이고, 그러면 우리는 더 면밀한 관심을 받게 된다. 만약 나쁜 계약에 묶여 있는 상황이라면 인간들은 지배모듈을 이용해서 우리가 움직이지 못하도록 허브시스템에게 명령할 수도 있다.

인간의 움직임을 분석한 뒤 나는 스스로 몇 가지 코드를 짜 넣었다. 이 코드는 내가 가만히 서 있을 경우 주기적으로 임의의 동작을 하도록 만든다. 호흡도 공기 질의 변화에 따라 바꾼다. 내가 자극을 스캔하고 인지하기만 하는 대신 육체적으로 반응하도록 걷는 속도에도 변화를 준다. 이 코드 덕분에 나는 두 번째 환승고리를 통과할 수 있었다. 하지만 보안유닛을 종종 접하거나 보안유닛과 함께 일하는 인간을 자주 만나게 될 환승고리나 시설에서도 괜찮을까?

나는 코드를 살짝 변경한 뒤에 ART에게 복도와 선실을 돌아다니는 내 모습을 기록해달라고 요청했다. 그리고 가능한 한 인간처럼 보이려고 노력했다. 나는 인간들 사이에서 어색하게 느끼는 데 익숙했다. 그 감각을 되새기며 몸의 움직임으로 표현하려고 노력했다. 난 그 결과가 꽤 만족스러웠다. ART가 기록한 승무원, 그리고 내가 기록한 다른 보안유닛과 내 영상을 비교해 보기 전까지는.

여기서 속고 있는 건 나뿐이었다.

움직임의 변화는 내가 좀 더 인간 같아 보이게 했지만, 내 몸의 비례는 다른 보안유닛과 똑같았다. 나를 찾지 않는 인간을 속이기에는 충분했다. 인간들은 공공 환승 공간에서 보이는 비정상적인 행동을 무시하는 경향이 있으니까. 하지만 나를 찾으려고 나선, 탈주한 보안유닛이 있을 가능성에 촉각을 곤두세운 사람이라면 보안유닛의 크기, 키, 몸무게에 맞춘 간단한 스캔으로 나를 확실히 찾을 수 있다.

그래서 내 답은 논리적인 선택이었다. 너무도 당연한 선택이었다. 이걸 선택할 바에는 차라리 내 인간 피부를 벗겨버리고 싶기는 했지만.

하지만 그렇게 할 수밖에 없었다.

* * *

오랜 논쟁 끝에 우리는 가장 쉬우면서도 최선의 결과를 내는 방법이 내 다리와 팔의 길이를 2센티미터 줄이는 것이라는 데 동의했다. 큰 변화처럼 들리지는 않을지 몰라도 그건 내 몸의 비례가 유닛 표준과 달라진다는 뜻이었다. 내가 걷는 방식, 움직이는 방식이 달라질 터였다. 합리적인 생각이었고, 나도 만족했다.

그런데 ART가 내 유기체 부분의 코드도 바꿔서 털이 자라게 해야 한다고 말했다.

그 말에 대한 내 첫 반응은 "웃기는 소리 하지 마"였다. 나는 머리와 눈썹에 털이 있었다. 그건 보안유닛과 섹스봇이 공유하는 형태의 하나였다. 물론 보안유닛의 경우 장갑에 방해가 되지 않도록 제어 코드가 털을 짧게 유지했다. 우리는 인간처럼 보이도록 만들어졌고, 우리는 외양 때문에 고객을 불편하게 하지 않는다. (실제로는 보안유닛이 무서운 살인 기계라는 사실 때문에 어떻게 생겼든 간에 인간은 불안해 한다고 회사에 알려줄 수는 있었지만, 어차피 누구도 내 말은 안 듣는다.) 하지만 피부의 나머지 부분에는 털이 없었다.

ART에게 나는 지금 그대로가 좋으며, 추가로 털이 나면 원치 않는 주의만 끌게 될 뿐이라고 말했다. 녀석은 자신이 말한 게 피부의 몇몇 부위에 나 있는 가늘고 성긴 털이라고 했다. ART가 분석을 좀 해보더니 인간이 무의식적으로 눈치챌 수 있는 생물학적 형태의 목록을 만들었다. 털은 우리가 내 기초 코드를 변경해서 만들 수 있는 유일한 형태였다. 그리고 ART는 내 팔과 다리, 가슴, 등에 있는 유기체 부분과 비유기체 부분 사이의 접합 부위를 좀 더 증강물, 그러니까 인간이 의학적 혹은 다른 용도로 이식받는 비유기체 부분과 더 비슷하게 만들겠다고 제안했다. 나는 몸의 털을 제거한 인간과 증강인간이 많다는 사실을 지적했다. 위생이나 미용, 혹은 누가 그딴 게 몸에 붙어 있기를 원하냐는 이유로. 하지만 ART는 인간들이 보안유닛으로 판명될 걱정이 없기 때문에 몸을 하고 싶은 대로 할 수 있는 거라고 반박했다.

나는 ART가 말하는 건 뭐든 동의하고 싶지 않기 때문에 계속 논쟁을 하려 했다. 하지만 합성 뼈와 팔다리의 금속을 2센티미터씩 제거하는 일이나 유기체 부분이 그 주위에서 어떻게 자라게 할지 코드를 변경하는 일에 비교하면 털은 소소한 문제 같았다.

ART에게는 대안이 있었다. 내 몸에 섹스 관련 기관을 만드는 걸 포함한 과격한 계획이었다. 나는 절대 불가하다고 말했다. 내게는 섹스와 관련된 기관이 없었고, 계속 그렇게 있고 싶었다. 나는 전에 인간이 섹스하는 모습을 본 적이 있었다. 엔터테인먼트 피드에서도 봤고, 고객의 말과 행동을 모조리 기록하라는 요청을 받았던 계약 때도 본 적이 있다. 그런 거 하고 싶지 않다. 정말이다.

다만 나는 목 뒤에 있는 데이터포트를 변경해달라는 요청은 했다. 그건 취약점이었고, 그걸 해결할 기회를 놓치고 싶지 않았다.

일단 우리가 절차에 동의하자 나는 의무실 앞에 가서 섰다. 의료시스템이 방금 살균하고 준비를 마쳐놓았는지 공기에서 항생제 냄새가 강하게 났다. 다친 고객을 이런 방으로 데리고 들어왔던 수많은 경험이 떠올랐다. 나는 이 일이 잘못될 수 있는 오만 가지 가능성을 생각하고 있었다. 그리고 ART가 원한다면 얼마든지 내게 할 수 있는 끔찍한 짓들도.

ART가 말했다.

왜 늦어지는 거야? 아직 못 끝낸 사전 절차가 남았어?

내게는 녀석을 믿을 만한 이유가 없었다. 녀석이 우주선에 탄 인간이 나오는 드라마를 계속 보고 싶어 한다는 것과 폭력이 너무 현실적이면 동요한다는 것 말고는.

나는 한숨을 쉬고 옷을 벗었다. 그리고 수술대 위에 누웠다.

4

 다시 온라인이 된 나는 기능 안정성이 26퍼센트였다. 하지만 수치가 천천히 올라가고 있었다. 통증이 무릎과 팔꿈치 관절을 에워쌌다. 너무 아파서 생각을 할 수가 없었다. 내 인간 피부는 간지러웠다. 체액도 새어 나오고 있었다. 그건 정말 싫었다.

 아직 미디어에 접근하거나 그걸 열어볼 수 있을 정도로 기능이 회복되지 않았다. 할 수 있는 일이라고는 가만히 누워서 수치가 올라오기를 기다리는 것뿐이었다. 움직이려고 하면 상태만 더 나빠졌다. 16번 계획대로 해서 ART를 작동 불능으로 만들 걸 하고 후회했다. 그건 내가 보복을 당해 치명적인 피해를 입지 않으면서 성공할 확률이 가장 큰 계획이었다. 지금은 수송선을 폭파하는 2번 계획도 꽤 매력적으로 보였다. 이 짓에 동의한 건 멍청한 생각이었다.

그건 마치 산산조각이 날 정도로 총을 맞은 뒤에 칸막이방에 들어가 있는 것과 같았다. 하지만 칸막이방에서처럼 수리가 끝날 때까지 상위 기능을 끌 수는 없었다. 여기 의료시스템이 통증을 조절할 수 없다는 건 들어올 때부터 알고 있었지만 통증이 이렇게 심할 줄은 미처 몰랐다. 여기서는 체온도 조절할 수 없었다. 그래도 의료시스템이 나를 편안하게 해주려고 실내 기온과 수술대를 제어하고 있어서 춥지는 않았다. 칸막이방은 이렇게 하지 않았고, 나는 이 방식이 멋지다는 걸 인정할 수밖에 없었다.

서서히 내 수치가 고른 상태가 되기 시작했다. 나는 고통 센서를 낮추고 가려움을 끌 수 있는 기능을 되찾았다. 하지만 유기체 조직이 완전히 다시 자랄 때까지는 어디를 움직이면 안 되는지 알 수 있도록 어느 정도는 고통을 느낄 수 있어야 했다.

ART가 내 피드에서 어슬렁거리고 있었지만 고맙게도 아직 내게 말을 걸려는 시도는 하지 않았다. 기능이 75퍼센트까지 회복되자 나는 일어나 앉으려고 했다. 그러자 의료시스템이 경고를 날리기 시작했고, ART가 말했다.

지금은 움직일 이유가 없어. 수술하는 동안 내가 선내 공공 정보 뉴스피드를 검색해봤어. 문제가 되는 그 시기에 광산과 관련해서 이례적인 사상자가 있었는지 말이야. 그 결과에 기반한 내 결론을 듣고 싶어?

나는 다시 힘을 빼고 누우면서 유기체 부분이 따뜻한 금속 수술대에 닿는 것을 느꼈다. 이제 다른 데서 체액이 새고 있었다. 나는 ART에게 검색해서 나온 결과 정도는 나도 읽을 수 있다고 쏘아붙였다.

난 총을 쏘고 죽이는 일에 대해서라면 네 전문성을 존중해. 너는 데이터 분석에 대한 내 전문성을 존중해야 해.

나는 알았다고 말했다. 아무려면 어떠랴. 나는 쓸모 있는 게 있을 거라고 생각하지 않았다.

녀석이 자기가 내린 결론을 피드로 보냈다. 비정상적인 상황에서 다수의 사망자가 생긴 사건이 델타폴 사건이 그랬던 것처럼 일종의 공공 기록에 올라가 다수의 뉴스피드에서 볼 수 있게 된다는 점에는 분명히 일리가 있었다. 라비하이랄 사건은 사고로 분류되었을지도 모르지만 회사의 보증이 관련되어 있기 때문에 법적인 분쟁이 있었을 터였다. 하지만 만약 데이터에 사람들을 죽인 게 폭주한 보안유닛이라고 쓰여 있다면, 내가 이미 아는 것 이상의 정보는 없었다.

몇몇 뉴스피드 아카이브의 기록을 보니 사건이 일어난 장소는 가나카 채굴장이라는 작은 시설일 가능성이 커. 이 정보는 코퍼레이션 림의 정치적 독립체인 칼리돈에서 나온 거야. 가나카 피트에 자금을 대는 회사가 거기에 있지. 사망자는 57명이었어. 원인은 "장비 고장"으로 되어 있고.

보안유닛은 물품 목록에 장치로 올라가 있었다.

ART는 기다렸다. 그리고 내가 아무 말도 하지 않자 덧붙였다.

그러니까 네 원래 추측은 옳았어. 그 사건은 일어났어. 이제 조사를 진행하면 돼.

나는 나를 끄고 싶었다. 하지만 그러면 치유 과정에 방해가 될 터였다.

ART가 물었다.

드라마 볼래?

나는 대꾸하지 않았다. 그래도 〈거룩한 위성〉의 에피소드 하나를 틀었다.

* * *

마침내 수술대에서 내려올 수 있게 되었을 때 나는 갑판 위로 떨어졌다. 하지만 그 주기가 끝날 때쯤에는 거의 정상으로 돌아왔다. 가장 먼저 한 건 의료시스템 구획에 붙어 있는 목욕 시설에서 피와 여러 체액을 모두 닦아내는 일이었다. 보통 보안대기실에는 전투나 수리 뒤에 피와 체액을 닦아내는 데 필요한 시설이 있었다. 하지만 인간용 시설을 써본 건 처음이었다. ART 안에는 좋은 시설이 있었다. 재활용 세척액은 물과 아주 비슷해서 화학 성분을 분석하지 않으면 구분하기 어려웠다. 따뜻하게 온도를 조절할 수도 있었고 냄새도 좋았다. 마치고 나자 깨끗한 인간 같은 냄새가 났는데 기분이 좀 야릇했다.

73

몸의 여러 부분에서 자라고 있는 가느다란 털은 이상했지만 생각만큼 거슬리지는 않았다. 다음번에 보호 피부를 입어야 할 때는 불편할지도 모르겠으나 털이 있는 인간들도 별로 불평하지 않는 듯하니 나도 괜찮을 것 같았다. 코드가 바뀌면서 눈썹이 더 짙어졌고 머리털도 몇 센티미터 더 길어졌다. 느낄 수 있었고, 기묘했다.

나는 ART의 휴게실로 가서 트레드밀을 비롯한 여러 장비를 이용해 내 몸을 시험했다. 내 무기들이 아직 제대로 작동하는지, 조준이 빗나가지는 않는지 확인했다. (시험 발사는 하지 않았는데 ART가 그러면 화재 방지 시스템이 작동된다고 알려줬다.)

거울로 한참 동안 내 모습을 바라보았다.

나는 내가 아직 장갑을 벗어 무력하게 노출된 보안 유닛처럼 보인다고 중얼거렸다. 하지만 실제로 나는 인간에 더 가까워 보였다. 이제야 내가 왜 이렇게 하고 싶지 않았는지 알 수 있었다.

사람이 아닌 척하는 게 더욱 어려워질 테니까.

* * *

　우리는 예정대로 웜홀에서 빠져나왔다. 환승고리
의 범위에 들어서자마자 ART가 접속해서 나를 위해
목적지의 정보 패킷을 받아주었다. 그 안에는 라비하
이랄의 더 상세한 지도가 들어 있었다. 지도를 회전
하며 모든 방향에서 들여다보아도 당시의 기억은 단
한 조각도 떠오르지 않았다. 흥미로운 건 가나카 채
굴장이 어디에도 표시되어 있지 않다는 점이었다.

　나는 이번에도 ART가 내 피드 안에서, 비유적으로
말해서, 내 어깨너머로 들여다보는 것을 느낄 수 있
었다. 시간 표시를 확인하니 내가 사건을 일으킨 시
기 이후로 여러 차례 지도가 업데이트되었음을 알 수
있었다.

　"그 장소를 지도에서 뺐어."

　흔한 일이야?

　ART가 물었다. ART는 성도star map만 다뤘고, 거기
서 뭔가 하나를 뺀다는 건 상당히 큰 사건이었다.

　"흔한 일인지는 모르겠어. 하지만 만약 회사나 고

객이 일어난 일을 숨기려고 했다면 그랬을 수도 있겠지."

만약 회사가 계속해서 다른 광산 시설에도 보안유닛을 팔고 싶다면 사상자가 발생했다는 사실을 숨기는 일은 중요했다. 최소한 모호하게 감추는 정도라도. 어쩌면 회사는 법적 분쟁을 벌이는 대신에 사고의 상세 내용을 공공 기록에 최대한 적게 공개한다는 조건으로 재빨리 보증 계약에 따라 배상했을지도 모른다. 관련 단체가 많고 회사가 뉴스피드 어디에나 나타나서 동정심을 유발하려고 하는 그레이크리스와 델타폴 사건과는 상황이 달랐다.

ART가 과거의 정보를 더 꺼내와 지도에 올라 있었던 채굴장과 서비스 시설의 이름을 검색했다. 라비하이랄은 원래 이 위성 내부의 서로 다른 구역에 대한 채굴 권한을 가진 다수의 회사가 소유하고 있었다. 하지만 이 항성계의 지난 2년 동안 움로라는 회사가 그 권리의 일부를 사들였고, 원래 회사들도 상당수는 아직 도급업체로 채굴을 하고 있었다. 그중에 익숙한 이름은 없었다.

가나카 채굴장에 가려면 우선 어디에 있는지부터 알아내야 했다. 아마 나는 그곳에 화물로 실려 갔었겠지만, 부분적으로 지워졌는지 어쨌는지 몰라도 그에 대한 기억은 전혀 없었다.

나는 정보 패킷의 나머지 부분을 뒤지며 일정을 찾았다. 환승고리에서 라비하이랄 항구로 셔틀을 타고 가야 할 터였다. 그건 까다로울 것이다. 음, 모든 게 까다로울 것이다. 운송 일정 정보를 보니 광산 시설이나 지원 서비스의 고용 확인증이나 통행증이 있는 사람만 셔틀에 탈 수 있었다. 관광 프로그램은 없었다. 그 위성에 있는 회사나 계약자가 발급한 공식 승인이 없다면 아무도 들어가거나 나올 수 없었다. 나는 사람도 아니었고 고용 확인증도 없었으므로 보급용 셔틀을 해킹해서 타고 가야 할 터였다….

ART는 계속해서 정거장 피드에서 데이터를 가져왔다.

내가 하나 제안할게.

녀석이 내게 말했다. 그리고 개인 광고를 쭉 띄웠다. 나는 자유무역항과 지난번 환승고리에서 이런 것을 본 적이 있었지만 관심을 두지 않았다. ART가 단기 계약으로 온 기술자 단체의 임시 경비를 찾는 구인 목록을 밝게 강조했다.

"그게 뭐?"

내가 ART에게 물었다. 왜 그걸 내게 보여주는지 알 수 없었다.

만약 이 단체가 너를 고용한다면, 너는 고용 확인증을 받아서 시설로 갈 수 있어.

"나를 고용한다니."

나는 기억하지도 못할 만큼(정말 말 그대로다. 상당수의 계약은 내 기억이 지워지기 전에 있었던 일이다.) 많은 계약을 해봤지만 자발적으로 한 적은 한 번도 없었다. 회사가 나를 보관소에서 꺼내 고객에게 소개한 뒤 화물칸에 집어넣는 식이었으니.

"너 정신 나갔어?"

내 승무원들은 항해 때마다 자문 요원을 고용했어.

ART는 내가 아직 자신의 훌륭한 아이디어를 칭찬하지 않아서 초조해하고 있었다.

절차는 간단해.

"인간하고 증강인간에게는 그렇겠지."

선뜻 내키지 않았다. 나는 증강인간인 척하며 인간들과 교류해야 할 것이다. 그런 일을 하려고 내 형태를 바꿨다는 건 알고 있었지만, 서로 거리를 둔 채 일어나는 일로만 상상했었다. 아니면 혼잡한 환승고리 같은 곳에서나. 상호 교류란 대화와 시선 맞춤 같은 것을 의미했다. 벌써 기능 안정성이 떨어지는 기분이 들었다.

간단할 거야.

ART가 집요하게 말했다.

내가 도와줄게.

그래. 거대한 수송선봇이 구성체 보안유닛이 인간인 척하는 걸 도와주겠다니. 퍽이나 잘 되겠다.

* * *

일단 ART가 정박한 뒤 환승고리의 봇 운행 예인선이 화물 모듈을 꺼내는 동안 녀석은 문을 열어서 내가 선착장으로 슬쩍 빠져나올 수 있게 해주었다. 녀석이 내게 자신의 통신에 접속할 수 있도록 해주었기 때문에 녀석은 환승고리를 통해 내 피드에 올라탈 수 있었다. 녀석은 자신이 도움이 될 수 있다고 주장했다. 나는 회의적이었지만 적어도 말 상대는 될 수 있을 터였다. 안전한 ART의 문에서 멀어지면서 내 효율성이 96퍼센트로 떨어졌다. 나는 진정하려고 정거장의 엔터테인먼트 피드에서 새로 다운로드받을 만한 것을 찾아보았다.

이미 소셜 피드의 노드에 광고에 대한 메시지를 보내고 장소와 시간이 적혀 있는 답을 받은 뒤였다. 내가 마지막으로 인간과 약속을 잡았을 때 그들은 멘사를 납치하고 나를 날려버렸다. 이번이 그보다 나쁘기는 어렵지 않을까.

나는 해킹으로 탑승장의 보안을 뚫고 환승고리의 상점가로 나갔다. 지난번 환승고리나 자유무역항과 비교하면 실용적인 곳이었다. 정원실도, 홀로그램 조각도, 우주선 건조나 화물 위탁 판매를 비롯한 각종 비즈니스 광고가 나오는 대형 홀로그램 디스플레이도, 새 인터페이스를 갖춘 반짝이는 자판기도 없었다. 게다가 대형 여객선이 들어오지도 않아서 인간이 든 봇이든 군중이 많지도 않았다. ART의 아이디어가 멍청하고 위험한 게 아니라 필수적이라는 생각이 들기 시작했다. 위성에 있는 시설을 오가기 위해서만 들르는 곳이라면 이곳에 섞여들기는 더 어려웠을 것이다. ART가 내 피드에서 말했다.

내 말대로잖아.

면접 장소는 주요 상점가에 있는 식음료 서비스 공간이었다. 그건 상점가 2층에 있는 커다란 투명 구체 안에 있었다. 아래쪽의 보도와 노점 식당들이 내려다보이는 곳이었다. 안에는 식탁과 의자를 갖춘 개방형 층이 여러 개 있었고, 인간과 증강인간으로 40퍼센트 정도 차 있었다. 걸어가는 동안 간간이 드론이 윙윙거리는 소리가 들렸지만 핑 신호를 받지는 않았다. 공기에서는 음식 냄새와 향정신성 물질의 자극적인 향이 났다. 굳이 그걸 분석해서 확인하려 하지 않았다. 나는 너무 긴장한 데다가 증강인간처럼 보이려는 데 집중하고 있었다.

만나기로 한 인간들은 알아볼 수 있도록 사전에 이

미지를 보내주었다. 전부 세 명이었고 작업복을 제각
기 다른 방식으로 입고 있었다. 유니폼 로고는 없었
다. 재빨리 검색해보니 환승고리의 소셜 피드에 간단
한 소개가 나왔다. 이들은 자신들을 무소속 초빙 근
로자로 올려두었다. 하지만 그건 누구든지 원하는 대
로 올릴 수 있었고 신원 확인 같은 건 필요하지 않았
다. 두 명은 여성이었고 한 명은 테르세라였는데, 그
건 디바르티 클러스터로 불리는 비기업형 정치적 독
립체에서 쓰이는 젠더 표현이었다.

(면접을 시작하기 위해 나도 소셜 피드에 소개를 작성해야
했다. 이곳 시스템은 해킹에 굉장히 취약했다. 그래서 나는 내
가 앞서 온 여객선을 타고 온 것처럼 보이려고 소개문의 날짜
를 앞당겼다. 직업은 "보안 자문"으로, 젠더는 "불명확"으로 올
렸다. ART는 과거에 나를 고용했던 선장인 척하면서 추천서
를 써주었다.)

나는 그들이 상점가가 내려다보이는 투명 구체 근
처의 한 테이블에 앉아 있는 것을 발견했다. 그들은
긴장한 채로 속삭이듯 말을 주고받고 있었다. 몸짓을
보니 불안해하고 있다는 것을 알 수 있었다. 다가가

면서 재빨리 스캔한 결과 무기의 흔적은 보이지 않았다. 감지되는 건 개인용 피드 인터페이스의 작은 전력원뿐이었다. 한 명은 이식을 받았지만 낮은 수준의 피드 접속 도구에 불과했다.

고리에 접근하는 동안 나는 ART와 함께 이 부분을 연습했다. 내 모습을 기록해 둘이 함께 보면서 분석했다. 나는 할 수 있다고 중얼거렸다. 그리고 가능한 한 가장 중립적인 표정을 지었다. 과도한 다운로드 활동을 들켰는데 배치 센터의 감독관이 인간 기술자 탓을 할 때 짓던 표정이었다. 내가 식탁으로 다가가서 말했다.

"안녕하세요."

세 명 모두 움찔했다.

"어, 안녕하세요."

테르세라가 가장 먼저 정신을 차리고 말했다.

나는 보안카메라에서 나오는 피드를 통해 내 모습을 보며 표정이 통제를 벗어나지 않았음을 확인했다. 나는 카메라를 통해 인간을 보면서 대화하는 게 더 쉽다. 그렇다고 해서 이 상황으로부터 멀어지는 건

절대 아니라는 사실을 잘 알고 있었지만, 내게는 필
요한 일이었다. 내가 말했다.

"만나기로 했죠. 전 에덴입니다. 보안 자문이에요."

그래, 그건 〈거룩한 위성〉에 나오는 등장인물 중 한
명의 이름이었다. 아마 놀랍지는 않을 것이다.

테르세라가 헛기침을 했다. 자주색 머리에 빨간 눈
썹이 연한 갈색 피부 위에서 도드라져 보였다.

"전 라미예요. 저쪽은 타판과 마로고요."

라미가 초조한 듯이 몸을 움직이며 빈 의자를 두드
렸다.

데이터 추출이 나보다 훨씬 빠른 ART가 재빨리 검
색해보더니 몇몇 인간 문화권의 지침에 따르면 그게
앉으라는 권유라는 사실을 내게 알려주었다. 내가 앉
는 동안에는 그 몸짓의 근원에 대해 설명했다. 여러
번이나 몸이 박살 날 정도로 총을 맞아봤고, 폭탄에
날아가도 봤고, 기억이 지워지기도 했고, 한번은 사
고로 일부가 분해된 적도 있는 보안유닛이 이런 상황
에서 당황할 거라고는 전혀 생각지도 못했다면 당신
이 틀린 거다.

라미가 덧붙였다.

"어, 어디서부터 이야기를 해야 할지 잘 모르겠는데요."

타판이 눈에 띄게 응원한다는 듯이 '테'를 쿡 찔렀다. 타판은 여러 색깔로 물들인 머리털을 땋아서 머리를 감싸고 있었고, 귀에는 파란 보석 같은 색의 인터페이스를 고정해놓았다. 피부는 라미보다 살짝 더 어두웠다. 마로는 피부가 아주 어두웠고 은발 머리를 작게 부풀려 올려서 꾸몄다. 드라마에서나 볼 법할 정도로 아름다웠다. 나는 인간의 나이를 추측하는 데 젬병이었다. 그건 내 관심사가 아니기 때문이다. 게다가 내 경험의 대부분은 엔터테인먼트 피드 속의 인간에게서 얻은 것이다. 그들은 현실에서 보는 인간과 전혀 다르다. (내가 현실을 별로 좋아하지 않는 여러 이유 중 하나다.) 그러나 나는 세 명이 모두 젊을지도 모른다고 생각했다. 아이들은 아니지만 성년이 된 지 얼마 되지 않았을 수 있었다.

그들은 나를 바라보았다. 나는 뭔가 말을 해야 한다는 사실을 깨달았다.

"보안 자문을 고용하고 싶다고요?"

소셜 피드에 올라와 있는 내용은 그랬다. 비슷한 요청이 많은 것으로 봐서 단체나 개인이 라비하이랄에 가기 전에 사설 경비를 고용하는 건 흔한 일인 듯했다. 나는 인간 경호원을 고용하는 건 진짜 경호원을 구할 여건이 안 될 때 하는 일일 거라고 추측했다.

라미는 마음이 놓이는 듯했다.

"네, 도움이 필요해요."

마로가 주위를 둘러보더니 말했다.

"여기서 이야기하면 안 될지도 몰라요. 어디 갈 만한 다른 곳이 있을까요?"

나는 여기에 오는 것만으로도 스트레스를 많이 받았다. 지금 당장 다른 데로 가고 싶지는 않았다. 나는 재빨리 드론이 있는지 스캔한 뒤 식당과 환승고리 보안시스템 사이의 연결에 사소한 장애를 일으켰다. 나는 카메라를 포착하고 ART에게 바라는 내용을 전달했다. ART가 이어받아 보안시스템의 기록에서 내 모습을 편집한 다음, 우리 식탁을 바라보고 있는 카메라를 차단했다. 나는 고리의 주 보안시스템과의 연결에서 장애를 없앴다. 우리가 여기 있는 짧은 시간 동안에는 사라진 카메라 피드를 눈치채지 못할 터였다. 내가 말했다.

"괜찮아요. 우리는 기록되지 않고 있어요."

다들 나를 바라보았다. 라미가 말했다.

"하지만 보안— 뭔가를 하신 건가요?"

"저는 보안 자문입니다."

나는 반복해서 말했다. 내 공황 상태 수치가 떨어지기 시작했다. 상대방이 워낙 눈에 띄게 긴장하고 있다는 게 가장 큰 이유일 것이다. 인간이 나를 보고 긴장하는 건 내가 무서운 살인봇이기 때문이다. 내가 인간을 보고 긴장하는 건 상대가 인간이기 때문이다. 하지만 나는 인간도 비전투, 비적대적인 상황에서 서로 경계하고 긴장하기도 한다는 사실을 알고 있었다. 이야기 속에서만이 아니라 현실에서도 말이다. 지금이 바로 그런 상황 같았다. 하지만 덕분에 나는 이 상황을 의례적인 업무라고 짐짓 생각할 수 있었다. 고객이 보안에 대해 내 조언을 구하는, 드물지만 있는 경우라고.

요청받았을 경우 고객에게 조언하는 것도 보안유닛으로서 내 업무 중 하나다. 이론상 나는 보안에 관한 모든 정보를 가진 존재였기 때문이다. 하지만 내게 조언을 구하거나 내 말을 듣는 고객은 별로 없었다. 그렇다고 해서 서운하다거나 뭐 그런 건 아니지만.

타판은 감탄한 표정을 지었다.

"그럼 당신은 스플라이스군요. 맞죠?"

타판이 내 데이터포트가 거기 있음을 암시하며 자기 목 뒤를 살짝 두드렸다.

"증강 시술을 받았어요? 피드에 추가로 접속할 수 있어요?"

스플라이스는 증강인간을 가리키는 비공식 용어였다. 엔터테인먼트 피드에서 들어본 적이 있었다. 내가 말했다.

"그래요." 그리고 덧붙였다. "그게 다가 아니죠."

라미가 이해했다는 듯이 빨간 눈썹을 치켜세웠다. 마로가 감탄한 표정으로 말했다.

"우리가 비용을 댈 수 있을지 모르겠어요— 우리

크레딧 계좌가— 데이터를 다시 찾으면—"

라미가 말을 받았다.

"그러면 돈을 많이 드릴 수 있을 거예요."

일자리를 구하는 시나리오에 큰 재미를 느끼고 있는 게 분명한 ART는 공공 피드에서 사설 보안 자문역의 보수가 어느 정도 수준인지 찾아보기 시작했다. 나는 내가 보안유닛이 아닌 척하고 있다는 사실을 되새겼다. 따라서 내가 질문을 한다고 해도 이상한 일은 아닐 터였다. 나는 기본적인 정보로 시작하기로 했다.

"왜 저를 고용하려고 하시죠?"

라미가 다른 둘을 바라보았다. 둘이 고개를 끄덕여주자 라미가 헛기침을 했다.

"우리는 라비하이랄에서 틀레이시 굴착 소속으로 일하고 있었어요. 조그마한 움로의 도급업체 중 하나죠. 우리는 광물 조사와 기술 개발을 담당해요."

라미는 그들이 기술자 집단이라고 설명했다. 기술자 일곱 명에 딸린 인원으로 이루어져 있었고, 계약에 따라 이리저리 옮겨 다니며 일했다. 라미와 마로,

타판이 집단을 대리해 행동하는 동안 다른 인간들은 호텔 방에서 기다리고 있었다. 그들의 광산업 경험이 기술과 연구 분야라는 이야기를 듣자 마음이 놓였다. 내가 겪어본 광산 관련 계약에서는 보통 기술자가 채굴장에서 멀리 떨어져 있거나 근처 사무실에 있었다. 그자들이 뭔가에 취해서 서로 죽이려 들지 않는 한 우리가 볼일은 없었다. 그리고 그런 일은 확실히 드물었다.

"틀레이시의 조건은 좋았어요." 타판이 덧붙였다. "그런데 어쩌면 너무 좋았는지도 몰라요. 무슨 뜻인지 아시겠지만요."

ART가 재빨리 검색해보더니 비유적인 표현을 의도한 거라는 의견을 보냈다. 나도 안다고 답했다.

라미가 말을 이었다.

"우리 일을 따로 할 시간도 생기는 터라 우리는 계약을 받아들였어요. 우리는 기묘한 합성물을 감지하는 새로운 시스템 개발에 대한 아이디어가 있었거든요. 라비하이랄은 확인이 된 매장물이 많아서 연구하기에 아주 좋은 장소예요."

기묘한 합성물이란 외계 문명이 남긴 원소였다. 그 것과 이전에 확인되지 않는 천연 원소를 구분하는 건 광산업의 한 가지 숙제였다. 지난번 계약에서 그레이 크리스가 찾아냈던 외계인 거주지 혹은 문명의 잔해 같은 기묘한 합성물도 상업 개발이 허용되지 않았다. 나는 그 정도만 알면 충분했다. 외계 물질과 관련된 일을 맡았을 때 했던 건 매번 그걸 연구하는 사람들 곁에 서서 지켜주는 게 전부였으니까. (ART가 내게 설 명을 하려고 했지만 나는 나중에 하라고 했다. 집중할 필요가 있었다.)

라미가 말했다.

"진행 상황이 괜찮았어요. 그런데 갑자기 아무 예 고도 없이 우리 계약을 해지한 거예요. 그리고 그 사 람들이 우리 데이터를 가져—"

타판이 양손을 휘저었다.

"우리 연구를 전부요! 그건 계약하고 아무 상관도 없던—"

마로가 마무리했다.

"틀레이시가 그걸 훔친 거예요, 기본적으로. 그리

고 우리 장비에서 가장 최신 버전을 지워버렸어요. 더 오래된 건 갖고 있지만 최근 연구를 전부 잃어버렸어요."

라미가 덧붙였다.

"움로에 진정을 제기했지만 처리하는 데 너무 오래 걸리고 있어요. 결과가 나오기는 하는 건지도 모르겠어요."

내가 말했다.

"이건 변호사를 찾아가야 하는 문제 같군요."

평범한 일이 아니었다. 회사도 데이터마이닝을 한다. 하지만 개발자의 장비에서 작업물을 지우는 것처럼 서투르거나 뻔한 짓은 하지 않는다. 만약 그렇게 했다가는 다시 돌아와 보안 보증에 관한 재계약을 맺는 개발자를 더 늘릴 수 없을 것이다. 그러면 다음번에는 회사도 개발자들의 연구에 손을 댈 수 없게 될 터였다.

"변호사도 생각해봤어요." 라미가 말했다. "하지만 우리는 조합 소속이 아니라서 비쌀 거예요. 그런데 어제 틀레이시가 결국 우리 요구에 응답했어요. 우리가 계약금을 반납하면 파일을 돌려주겠대요. 그러려면 라비하이랄로 내려가야 해요."

라미가 의자에 몸을 기댔다.

"그래서 당신을 고용하려는 거예요."

점점 말이 되기 시작했다.

"틀레이시를 믿지 않는군요."

"그냥 우리 편에 누가 있으면 좋겠어요."

타판이 명확하게 밝혔다.

"아니야. 우리는 틀레이시를 절대 믿지 않아." 마로가 반박했다. "전혀 안 믿어. 거기 갔을 때 상황이…골치 아파질 때를 대비해서 경호원이 있어야 해. 틀레이시가 직접 우리를 만날 건데 그 여자는 경호원이 한 무리나 있다고. 그리고 일반적인 경비도 없어. 움로가 공공장소와 항구에 두고 있는 게 다인데, 그 정도로는 부족해."

나는 마로가 "골치 아픈"이라고 했을 때 무엇을 떠올렸는지 정확히 알 수 없었다. 하지만 그런 상황에서 내가 상상할 수 있는 시나리오 중에는 좋은 게 없었다. 회사는 고객들이 인간을 고용해 서로 경계할 필요가 없도록 보안유닛을 제공했다. 내가 드라마에서 본 바로는 내가 일을 형편없이 하는 편이 인간이 열심히 하는 것보다 훨씬 나았다.

녹화는 하지 못하게 막았지만 나는 빼앗은 보안카메라를 통해 계속해서 우리를 보았다. 내가 의심스러운 표정을 짓고 있는 게 보였지만 이런 경우에는 상황상 그게 자연스럽다고 생각했다. 내가 말했다.

"틀레이시와 만나는 건 보안이 된 통신 채널로도 가능하잖아요."

회사는 자금과 데이터 전송을 위해 그런 일도 보장했다.

나보다도 더 의심스러운 표정을 짓고 있던 마로가 말했다.

"네, 그런데 틀레이시는 직접 만나기를 원해요."

라미가 인정했다.

"우리는 그게 좋은 생각이 아니라는 걸 알고 있어요."

살해당하고 싶다면, 그건 아주 좋은 생각이었다. 나는 좀 더 쉬운 일을 원했다. 배달이라든가 그런 비숫한 일을. 하지만 이건 위험한 짓을 하기로 작정한 인간을 보호하는 일이었다. 정확히 내 용도에 맞는 일. 내가 지배모듈을 해킹한 뒤에도 계속해서 그럭저럭, 때로는 가능한 한 게으름 피우며 해왔던 일. 나는 뭔가 쓸모 있는 일을 하는 데, 뭔가를 보살피는 데 익숙했다. 심지어 그 대상이 계약으로 묶인, 운이 좋으면 나를 장난감이 아니라 도구로라도 취급하는 인간 집단에 불과할지라도.

보존지원단 일 이후로 나는 내가 보호하는 집단의 실제 일원으로서 일하는 건 전혀 다르다는 걸 알게 되었다. 그건 내가 여기에 있는 가장 큰 이유였다.

정보를 더 요청하는 척하는 건 인간이 스스로 멍청한 짓을 하고 있다는 사실을 깨닫게 하는 최선의 방법이었기 때문에 나는 질문 형태로 말했다.

"그러니까 틀레이시가 직접 만나서 교환하기를 원하는 데는 다른 이유가 있다고 생각하는 거죠? 가령… 여러분을 죽인다거나?"

타판이 알고는 있지만 생각하고 싶지는 않은 일이라는 듯이 얼굴을 찡그렸다. 마로는 식탁을 두드리더니 손가락으로 나를 가리켰다. 막연하게 경계하고 있었는데 ART가 그건 확실하게 동의한다는 뜻의 몸짓이라고 확인해주었다. 라미가 숨을 들이켜더니 말했다.

"우리 생각에는… 연구가 아직 끝나지 않았어요. 우리 방법은 불완전해요. 하지만 우리가 정말 열정적이어서… 보안 피드를 이용해서 우리가 이야기하는 것을 엿듣고 우리가 실제보다 한참 더 앞서 나가 있었다고 생각하는 게 분명해요. 그래서 전 그자들이 그걸 완성할 수 있을지 모르겠어요. 어쩌면 우리가 완성하지 않으면 별 가치가 없다는 걸 깨달았을지도 몰라요."

"어쩌면 틀레이시는 우리가 다시 일하기를 바라는 걸지도 몰라."

타판이 희망적으로 말했다.

아마도. 그다음에 너희를 죽이겠지. 나는 속으로 생각했다.

마로가 코웃음 쳤다.

"다시 그 여자 밑에서 일하느니 정거장 상가에서

노숙자로 살겠어."

한번 이야기를 꺼내고 나자 그만두게 하기가 어려
웠다. 이 집단은 어떻게 할지를 놓고 완전히 나뉘어
있었다. 모든 일에 동의하는 데 익숙해져 있던 터라
모두에게 고통스러운 게 분명했다. 마로에 따르면,
타판은 이런 생활을 하기에는 너무 순진해서 한번 해
볼 만하다고 생각했다. 타판에 따르면, 마로는 재미
와 진보를 저해하는 냉소적인 사람이라 이번에는 망
했으니 더 이상의 손해를 막아야 한다고 생각했다.
라미는 마음을 정하지 못했다. 그래서 이 문제가 해
결되기 전까지 집단의 리더로 뽑혔던 것이다. 라미는
집단의 자신감에 들뜨는 것 같지 않으면서도 앞으로
나가려고 과감하게 노력했다.

마침내 라미가 마무리했다.

"그래서 우리는 당신을 고용하고 싶어요. 우리를
보호해줄 수 있는 사람, 틀레이시의 부하가 우리에게
해코지하지 못하게 해줄 사람과 함께 가서 협상하는
동안 우리에게도 지원군이 있다는 사실을 보여주면
더 나을 것 같아요."

이들에게 필요한 건 면담과 귀환을 기꺼이 보증해 주고, 안전을 보장하기 위해 보안유닛을 보내줄 수 있는 보안 회사다. 하지만 그런 회사는 비싸다. 그리고 이렇게 작은 일에는 관심도 없다.

다들 걱정스러운 표정으로 나를 바라보았다. 보안 카메라 화면으로, 이 각도에서 보니 이들이 참 작다는 걸 알 수 있었다. 여러 색으로 염색한 머리를 부풀려놓은 모습을 보니 정말 연약해 보였다. 그리고 긴장하고 있었다. 내가 아닌 다른 이유로. 내가 말했다.

"일을 받아들이지요."

라미와 타판은 마음이 놓이는 표정을 지었다. 그리고 여전히 이 일이 못마땅한 게 분명한 마로는 체념한 표정이었다. 마로가 말했다.

"얼마나 드려야 하죠?" 마로는 모호한 표정으로 다른 둘을 쳐다보았다. "그러니까 우리가 감당할 수 있을까 해서요."

ART가 이미 스프레드시트를 펼쳐 보였지만 나는 너무 높은 금액을 불러서 쫓아내버리고 싶지 않았다. "계약을 해지당하기 전까지 그쪽에서 얼마나 받고 있었지요?"

라미가 말했다.

"계약 기간 동안 근로자 한 명당 한 주기에 200크레딧이요."

이 일이 한 주기 이상 걸릴 것 같지는 않았다.

"그만큼 주시면 됩니다."

"계약 액수에서 한 주기치 만큼요?" 라미가 몸을 곧추세웠다. "정말요?"

라미의 반응을 보니 내가 너무 낮게 부른 모양이었다. 하지만 실수를 바로잡기에는 너무 늦었다. 왜 그렇게 작은 액수에 일을 맡으려는지 이유를 대야 했다. 나는 진실이 섞여 있는 편이 낫겠다고 생각했다.

"전 라비하이랄에 가야 해요. 거기 가려면 고용 계약이 필요하지요."

"왜요?"

타판이 물었다. 라미가 팔꿈치로 슬쩍 찔러 주의를 주었다.

"아니, 그러니까 물어볼 권리가 없다는 건 알지만…."

"물어볼 권리가 없다". 보존지원단 사건 이전에 그건 내게 적용되던 말이 아니었다. 나는 이번에도 진실을 말했다.

"다른 고객을 위해 거기서 연구할 게 있어요."

ART처럼 이들도 연구, 특히 개인적인 연구라는 개념을 이해했다. 그리고 더 이상 묻지 않았다. 라미는 다음 주기 중에 라비하이랄로 떠날 예정이라고 말하며 사설 고용 확인증을 신청해놓겠다고 했다. 나는 셔틀 탑승장으로 가는 출입구 근처의 상가에서 만나기로 하고 떠났다. 보안카메라는 범위에서 벗어나자마자 풀어주었다.

나는 ART로 돌아와 가장 좋아하는 의자에 널브러졌다. 우리는 내가 진정할 때까지 세 시간 동안 드라마를 보았다. 혹시 누군가 내 정체를 알아챘을까 봐 ART가 환승고리의 경보 피드를 감시했지만 아무것도 없었다.

내 말대로잖아.

ART가 한 번 더 말했다.

나는 무시했다. 들키지 않았으니 이제는 나머지 계

획을 생각할 시간이었다. 이제 새로운 고객이 죽지
않게 지키는 일까지 해야 했다.

5

나는 선착장에서 그들을 만났다. 인간으로 위장하기 위한 방법의 일환으로 배낭을 갖고 있었지만, 내가 가진 물건 중에서 중요한 건 ART에게서 받은 통신 인터페이스뿐이었다. 일단 그게 있으면 내가 라비하이랄에 내려간 뒤에도 통신이 가능했고, ART의 지식 데이터베이스와 굳이 필요하지는 않은 ART의 의견도 이용할 수 있었다. 나는 허브시스템과 보안시스템을 백업으로 사용하는 데 익숙했고, ART가 그 자리를 대신하게 될 터였다. (그 두 시스템이 나를 회사에 고자질하고 지배모듈을 통해 처벌을 내리는 역할도 하도록 설계되어 있다는 부분은 빼고. 내가 하는 모든 일에 ART가 제멋대로 참견하는 것만으로 충분한 처벌이었다.) 나는 통신 인터페이스를 내 갈비뼈 아래의 내장형 공간에 끼워 넣었다.

고객 세 명이 모두 기다리고 있었다. 두세 주기 정도만 머무르기를 바라는 건지 각자 작은 가방이나 짐을 들고 있었다. 이들이 다른 단원들에게 작별 인사를 하는 동안 나는 뒤로 물러나 있었다. 다들 걱정스러운 표정이었다. 소셜 피드에 혼인 공동체로 올라온 이 집단은 크기가 다양한 다섯 자녀를 두고 있었다. 다른 이들이 떠나고 라미와 마로, 타판만 남았다. 내가 앞으로 갔다.

"틀레이시가 공용 셔틀의 표를 사줬어요." 라미가 내게 말했다. "그건 좋은 징조겠죠?"

"그럼요."

내가 말했다. 그건 끔찍한 징조였다.

고용 확인증 덕분에 나는 선착장을 통과할 수 있었다. 무기 검색도 당하지 않았다. 라비하이랄은 개인 무기를 허용했으며 공공 구역의 보안 수준도 낮았다. 그게 소규모 인간 집단이 그곳에 가려면 사설 보안 자문을 고용해야 하는 이유 중 하나다. 셔틀의 문으로 다가가면서 ART에게 메시지를 보냈다.

환승고리의 보안에 걸리지 않고 셔틀의 비정상적인 에너지 활동을 스캔할 수 있어?

아니. 하지만 스캐닝 진단을 돌리고 시스템을 시험하는 중이라고 하면 돼.

문에 도착했을 때 ART가 말했다.

비정상적인 건 없어. 공장 출하 제원과 90퍼센트 일치해.

그 정도는 정상이었다. 만약 폭발물이 있다면 지금은 비활성화 상태로 선체 어딘가에 묻혀 있다는 뜻이기도 했다. 다른 근로자 다섯 명이 탑승을 기다리고 있었다. 스캔해보니 에너지 반응은 없었다. 가득 찬 짐 가방을 여러 개씩 들고 있는 것으로 보아서 장기간 머무를 계획인 것 같았다. 난 그들이 먼저 탑승하게 한 뒤 마로의 앞에 끼어들어 문을 통과하면서 스캔했다.

셔틀은 봇 운행이었고, 유일한 승무원인 증강인간은 고용 확인증과 셔틀 표를 확인하려고 있는 것 같았다. 그 여자가 나를 보더니 말했다.

"인원이 세 명인 걸로 나오는데요."

나는 통제권을 놓고 보안시스템과 싸우는 데 한창이어서 대답하지 않았다. 그건 조종사봇과는 완전히 별개의 시스템이었다. 내가 익숙한 셔틀에서는 그게 표준이 아니었다.

타판이 턱을 앞으로 내밀었다.

"이 사람은 우리 보안 자문이에요."

나는 셔틀의 보안시스템을 장악한 다음, 시스템이 뚫렸다는 사실을 조종사봇과 승무원에게 경고하려는 시도를 삭제했다.

승무원이 이마를 찡그리며 확인증을 다시 검사했지만 뭐라고 하지는 않았다. 우리는 다른 승객들이 자리를 찾아 앉고 있는 객실로 들어갔다. 승객들은 짐을 넣거나 조용히 이야기하고 있었다. 나는 여전히 승객들을 잠재적인 위험으로 보고 있었지만, 그들의 행동으로 보건대 가능성이 꾸준히 낮아지고 있었다.

내 고객들이 자리를 잡는 동안 나는 라미 옆에 앉아서 ART에게 신호를 보냈다. ART가 말했다.

비정상적인 표적 설정을 찾아서 스캔하고 있는데, 현재 상황
은 괜찮아.

그 말은 위성에서 무언가가 우리를 겨냥하고 있다
해도 그건 ART가 볼 수 없다는 뜻이었다. 만약 그런
계획이라면 우리가 출발하기 전까지는 아무 일도 없
을 것이다. 만약 위성 표면에서 누군가 환승고리를
향해 발사한다면 그건 상당히 큰 사건으로, 고리의
보안시스템으로부터 즉각적이고 과격한 보복을 받지
않는다고 해도 법적 문제가 생길 거라고 나는 거의
확신했다. 나는 ART에게 말했다.

만약 도중에 우릴 쏜다면 우리가 할 수 있는 건 사실상 없어.

ART는 대답하지 않았다. 하지만 이제 나는 그런
침묵에도 의미가 있다는 사실을 잘 알았다. 내가 말
했다.

넌 무기 시스템이 없어.

배치도에는 그런 게 없었다. 적어도 ART가 공개
피드에 올려 둔 배치도에는.

정말 없어?

ART가 인정했다.

파편 회피 시스템이 있어.

파편을 회피할 방법은 단 하나뿐이었다. 나는 무장한 우주선에 타본 적이 없었지만, 그런 우주선이 온갖 층위의 라이센스와 보증 계약에 묶여 있다는 건 알고 있었다. (만약 어떤 우주선이 사고로 쏘아서는 안 될 것을 쏜다면, 누군가 그 피해를 보상해야 한다.) 내가 말했다.

넌 무기 시스템이 있는 거네.

ART가 다시 말했다.

파편 회피를 위한 거야.

나는 슬슬 도대체 어떤 대학이 ART를 소유하고 있는 건지 궁금해졌다.

라미가 걱정스러운 표정으로 나를 보았다.

"별일 없는 건가요?"

나는 고개를 끄덕이고 담담한 표정을 지으려고 노력했다.

타판이 라미 위로 몸을 기울이며 내게 물었다.

"지금 피드에 있어요? 제가 못 찾겠네요."

내가 말했다.

"저는 환승고리에서 셔틀이 출발하는 걸 감시하고 있는 친구와 함께 개인 채널에 있어요. 별일 없는지 확실히 하려고요."

두 사람은 고개를 끄덕이고 편히 앉았다.

갑판을 통해 진동이 느껴지자 셔틀이 고리에서 분리되어 움직이기 시작했다는 것을 알 수 있었다. 나는 조종사봇에게 천천히 다가갔다. 그 봇은 기능이 제한된 모델로, 표준 수송선 운행용 봇에도 미치지 못할 정도로 단순했다. 나는 셔틀 보안시스템에게 내가 고리 보안시스템의 승인을 받았다고 말하도록 했다. 그러자 조종사봇이 명랑하게 내게 신호를 보냈다. 승무원은 조종석에 함께 앉아서 피드를 이용해 관리 업무를 처리하고 다운로드받은 소셜 피드를 읽고 있었다. 인간 조종사는 타고 있지 않았다.

나는 의자에 몸을 묻고 약간 마음을 놓았다. 드라마가 당겼다. 피드에서 포착할 수 있는 반향을 살펴보니 다른 인간들도 대부분 미디어를 즐기고 있었다. 하지만 조종사봇을 계속 감시하고 싶기도 했다. 과도한 경계일지도 모르지만 그게 원래 내가 하는 일이니까.

비행 24분 47초 뒤, 우리가 위성에 접근하고 있을 때 킬웨어가 시스템을 장악하면서 조종사봇이 비명을 지르며 죽어버렸다. 셔틀 보안시스템도, 나도 반응하기 전에 벌어진 일이었다. 나는 보안시스템과 내 주위에 방화벽을 올렸고, 킬웨어는 튕겨 나갔다. 나는 놈이 할 일을 완료했다고 기록한 뒤 스스로 파괴되는 것을 보았다.

이런, 쌍. ART! 나는 셔틀 보안시스템을 이용해 통제권을 확보했다. 7.2초 안에 경로를 수정해야 했다. 인간 승무원이 경보를 듣고 피드에서 뛰쳐나오더니 겁먹은 표정으로 계기판을 바라보았다. 그리고 비상 신호기를 작동시켰다. 승무원은 셔틀을 조종하지 못했다. 나는 호퍼를 비롯한 상층대기용 비행기를 조종할 수 있지만, 셔틀이나 다른 우주 비행선에 대한 교육 모듈을 받은 적은 없다. 도움을 바라며 셔틀 보안시스템을 찔러보았지만 시스템은 객실 전체에 경보를 울려버렸다. 그래. 도움이 되지 않았다.

날 들여보내줘.

ART가 말했다. 다음에는 무슨 드라마를 볼지 의논할 때처럼 냉정하고 차분했다.

나는 한 번도 ART에게 내 두뇌 전체에 대한 접속 권한을 준 적이 없었다. 내 몸을 변형하는 건 했지만 이건 아니었다. 남은 시간은 3초였고 계속 줄어들었다. 셔틀에는 내 고객과 다른 인간 승객이 있었다. 나는 ART를 받아들였다.

그건 마치 인간들이 책에서 머리를 물속에 담근다고 쓴 것과 같은 느낌이었다. 그 느낌은 곧 사라지더니 ART가 셔틀로 들어왔다. 보안시스템과 나 사이의 연결을 이용해 사라진 조종사봇이 남긴 공간으로 들어갔다. ART는 셔틀을 제어해 경로를 수정하고, 속도를 조절하고, 착륙 신호를 포착해 라비하이랄의 중심 항구로 접근하도록 인도했다. 항구 관리소도 비상 착륙 절차를 업로드할 수 있었지만 시간이 너무 촉박했다. 그쪽에서 뭔가 한다고 해도 우리를 구할 수는 없을 터였다.

라미가 내 팔을 건드리며 말했다.

"괜찮아요?"

나는 눈을 질끈 감았다.

"네."

내가 말했다. 인간이라면 으레 그 이상의 답을 원한다는 사실이 떠오르자 나는 경보기를 가리키며 덧붙였다.

"청력이 예민해서요."

라미는 이해한다는 듯이 고개를 끄덕였다. 다른 인간들은 걱정스러운 표정이었다. 하지만 아무런 안내 방송도 나오지 않았고, 그들은 항구의 피드에서 아직 정시 도착이라고 나오는 것을 볼 수 있었다.

승무원은 항구 관리소에 치명적인 장애가 발생해서 조종사봇이 사라졌다는 내용을 설명하려고 애썼다. 승무원은 왜 셔틀이 위성 표면에 처박히지 않고 정상적인 경로를 따라가고 있는지도 알지 못했다. 셔틀 보안시스템은 ART를 분석하려다가 하마터면 자신이 지워질 뻔했다. 나는 보안시스템을 제어해 경보를 끄고 이번 운행 전체를 기억장치에서 삭제했다.

경보가 꺼지자 승객들이 마음을 놓으며 중얼거렸다. 내 제안에 따라 ART가 항구 관리소에 에러 코드를 보냈고, 우리는 새로운 우선권을 부여받아 착륙 장소를 공용 선착장에서 비상용 선착장으로 옮겼다. 킬웨어가 이동 중에 우리를 파괴하려던 건 분명했으므로 예정된 착륙 장소에서 우리를 기다리는 건 없을지도 몰랐다. 하지만 안전한 게 최고였다.

피드가 우리에게 항구의 모습을 시각적으로 보여 주었다. 항구는 산의 측면을 파내 만든 동굴 안에 있었고, 파편 회피용 격자를 이루는 탑으로 둘러싸여 있었다. (ART가 숨기고 있는 레일건이나 뭐 그런 것과는 달리 진짜 파편 회피 시스템이었다.) 항구 시설의 여러 층에서 흘러나오는 불빛이 어둠 속에서 빛났고, 항구 관리소의 신호를 향해 곡선을 그리며 내려가는 우리 앞에서는 더 작은 셔틀들이 잽싸게 길을 터주었다.

마로가 눈을 가늘게 뜨고 나를 보고 있었다. 피드에서 착륙 장소가 바뀌었다는 안내가 나오자 마로가 내 쪽으로 몸을 숙이며 말했다.

"어떻게 된 건지 알아요?"

다행히 나는 그 누구도 내가 즉각 대답하기를 원하지는 않는다는 사실을 떠올렸다.

구성체인 보안유닛이 아니라 증강인간인 보안 자
문이 될 때의 장점 중 하나였다. 내가 말했다.

"셔틀에서 내리면 이야기하지요."

그러자 다들 만족한 듯했다.

* * *

ART는 우리를 항구 관리소 자리에 내려주었다. 셔
틀 승무원이 진단 장비를 연결하고 있는 응급 기술자
들에게 어떻게 된 일인지 설명하려고 애를 쓰고 있을
때 우리는 자리를 떴다. ART는 이미 자신이 존재했
다는 증거를 모두 지운 채 사라진 뒤였다. 셔틀 보안
시스템은 혼란스러워했지만 그래도 불쌍한 조종사봇
과는 달리 아직 멀쩡했다.

응급 서비스 인원과 봇들이 좁은 탑승장 주위에서
돌아다녔다. 누가 제지하려 들기 전에 고객들을 이끌
고 빠져나와 투명한 천장으로 덮인 이동로를 따라 중
심 항구로 향했다. 나는 이미 공공 피드에서 지도를
다운로드받아 둔 상태였고 튼실한 보안시스템의 힘

을 시험해보고 있었다. 동굴 같은 모습의 이동로에는 여러 층으로 된 착륙장이 붙어 있었다. 그곳으로 셔틀 몇 기가 들락거렸다. 맨 끝에는 광산 시설에서 쓰는 커다란 운반선들이 보였다.

보안은 그때그때 다른 듯했는데, 우리가 지나가는 해당 영역의 운영을 맡은 도급업자가 얼마나 편집증적인지에 달린 것 같았다. 그건 우리에게 유리한 점이 될 수도, 흥미로운 도전이 될 수도 있었다. 환승고리의 공공 정보 피드가 이곳에서는 많은 인간이 무기를 휴대하고 다니는 게 분명하다고 경고한 바 있다. 게다가 여기서는 무기 검색도 하지 않았다.

우리는 중앙 허브에 도착했다. 높고 투명한 돔 바깥으로 머리 위에 아치를 그리고 있는 동굴의 전경이 보였다. 동굴을 비추는 조명이 다채로운 광맥을 뿜내듯 드러내고 있었다. 나는 우리를 찍고 있는 게 아무것도 없다는 걸 확인하려고 주위를 스캔한 다음 라미를 멈춰 세웠다. 일행이 나를 쳐다보자 내가 말을 꺼냈다.

"여러분이 만나려는 사람이 좀 전에 여러분을 죽이

려고 했습니다."

라미가 눈을 깜빡였다. 마로는 눈을 크게 떴다. 타판은 숨을 들이키며 뭔가 말을 하려고 했다.

"셔틀이 킬웨어에 감염되었어요. 그게 조종사봇을 파괴했지요. 저는 제 증강 피드를 이용해서 새로운 조종사 모듈을 다운로드받을 수 있는 친구와 접속 중이었습니다. 안 그랬다면 우리는 추락했을 거예요."

모듈은 셔틀을 안전한 궤도에 올리는 건 가능하지만, 까다롭고 흠잡을 데 없는 착륙을 해낼 정도로 정교하지는 않았다. 나는 이들이 그 사실을 눈치채지 못하기를 바라고 있었다.

타판이 입을 다물었다. 충격을 받은 마로가 말했다. .

"하지만 다른 승객이 있었잖아요. 승무원도요. 전부 다 죽일 셈이었던 건가요?"

내가 말했다.

"죽은 게 여러분뿐이라면 동기가 뻔해지잖아요."

표정을 보니 그게 무슨 뜻인지 이해가 되기 시작하는 모양이었다. 내가 말했다.

"바로 환승고리로 돌아가야 해요."

공공 피드에서 일정을 확인해보니 11분 뒤에 떠나는 공용 셔틀이 있었다. 빨리 움직인다면 틀레이시가 내 고객을 추적해서 그 셔틀까지 감염시킬 여유는 없을 터였다.

타판과 마로가 라미를 바라보았다. 라미는 망설이다가 굳은 표정으로 말했다.

"난 남을게. 너희 둘은 가."

"안 돼." 마로가 곧바로 대꾸했다. "널 혼자 두지는 않을 거야."

타판이 덧붙였다.

"우리는 함께해야 해."

라미의 얼굴이 거의 울상이 되었다. 눈앞에 보이는 죽음은 괜찮아도 동료들의 지지는 마음을 약하게 한 모양이었다. 라미는 감정을 추스르고 힘차게 고개를 끄덕였다. 그리고 나를 보며 말했다.

"우리는 안 돌아갈 거예요."

나는 별다른 반응을 보이지 않았다. 나쁜 결정을 내리는 고객은 익숙했으니까. 게다가 나는 표정을 제어하는 연습을 많이 하고 있었다.

"만나기로 한 약속은 지킬 수 없어요. 셔틀이 예정된 장소에 도착하지 않아서 그자들은 여러분을 놓쳤어요. 그 이점을 유지해야 합니다."

"하지만 만나야 해요." 타판이 강하게 반대했다. "만나지 않으면 연구 내용을 돌려받을 수 없어요."

그래, 나는 종종 내 고객을 붙잡고 정신 차리라며 흔들고 싶다. 물론 절대 그렇게 하지는 않는다.

"틀레이시는 여러분에게 연구 내용을 돌려줄 생각이 없어요. 끌어들여서 죽이려고 한 거예요."

"그래요. 하지만—"

타판이 입을 열었다.

"타판, 조용히 하고 좀 들어봐."

마로가 끼어들었다. 화가 난 게 분명했다.

라미는 굽히지 않는다는 표정이었지만 내게 물었다.

"그러면 어떻게 해야 하죠?"

엄밀히 말해서 이건 내가 신경 쓰지 않아도 될 문제였다. 나는 이제 여기 도착했으니 이들이 필요 없었다. 이 혼잡한 곳에서 슬쩍 떠나고 이들을 죽이려 드는 전 고용주는 알아서 해결하라고 내버려두면 그만이었다.

하지만 이들은 고객이었다. 지배모듈을 해킹한 뒤라고 해도 내가 선택한 고객을 버릴 수는 없었다. 나는 자유 계약으로 고객과 약속했다. 떠날 수가 없었다. 나는 속으로 한숨을 쉬었다.

"그 사람 구역에서 만나면 안 돼요. 여러분이 장소를 고르는 겁니다."

이상적인 방법은 아니지만, 그렇게라도 해야 했다.

* * *

내 고객들은 항구 중심부에 있는 식음료 서비스 공간을 골랐다. 그곳은 높은 플랫폼 위에 있었고, 탁자와 의자가 여기저기 모여 있었으며, 위쪽에는 항구와 도급업체 서비스 광고들 그리고 여러 광산 시설에 관한 정보를 보여주는 디스플레이들이 있었다. 디스플레이는 카메라와 녹화 방지 장치로도 기능했다. 따라서 그곳은 비즈니스 회의용으로 인기 좋은 장소였다.

라미와 타판, 마로는 탁자 하나를 골라 앉은 뒤 떠다니는 봇 하나를 이용해 음료수를 주문하고 초조하게 잔을 만지작거리고 있었다. 틀레이시에게 연락한 뒤 대리인이 도착하기를 기다리는 중이었다.

이 공공장소의 보안시스템은 셔틀 보안시스템보다는 정교했지만 큰 차이는 없었다. 나는 비상 트래픽을 감시하고 우리와 인접한 장소에 초점을 맞추고 있는 카메라의 시야를 확보할 수 있을 정도까지 침투했다. 나는 꽤 자신이 있었다. 탁자에서 3미터 떨어진 곳에 서서 광고 디스플레이를 보는 척하면서 공공 피드에서 찾은 시설 지도를 살펴보고 있었다. 버려진 채굴장으로 표시된 곳, 어디로도 이어지지 않는 게 분명한 튜브 통로가 많았다. 가나카 채굴장은 그중 하나여야 했다.

ART가 내 귀에 말했다.

접속 가능한 정보 아카이브가 분명히 있을 거야. 가나카 채굴장의 존재가 거기서도 삭제되지는 않았을 거고. 없어지면 연구자들의 눈에 너무 잘 띌 테니까.

그건 연구에 따라 달랐다. 기묘한 합성물을 연구한 다면 그게 어디서 발견되었는지는 분명히 관심을 갖겠지만, 어떤 회사가 파냈는지 혹은 왜 그 회사가 지금은 없어졌는지는 별 관심이 없을 것이다. 가나카 채굴장을 지운 자는 평범한 기자 같은 사람으로부터 숨기려던 것이지 모든 사람의 기억에서 완전히 지우려던 건 아니었을 것이다.

ART의 데이터는 옳았다. 이 위성에는 다른 보안유닛이 있었다. 지도에는 내 회사를 포함해 보안유닛을 제공하는 다섯 개 보증 회사의 로고 표시가 있었는데, 광맥 탐사가 아직 진행 중인 외딴 시설 일곱 군데에 있었다. 보증 계약의 일환으로 절도를 방지하고 광부와 다른 직원들이 서로 해를 끼치지 못하게 막기 위해서였을 터였다. 비활성화된 화물로 운송함이나 수리용 칸막이방에 들어가 있는 상태가 아니라면 보안유닛이 항구를 통과할 일은 없었다. 그렇다면 걱정거리가 하나 줄어든 셈이었다. 내 바뀐 형태가 인간과 증강인간은 몰라도 보안유닛은 속일 수 없을 테니.

보안유닛은 나를 본다면 자신의 보안시스템에 경

고할 것이다. 다른 선택의 여지가 없다. 다른 선택지를 원하지도 않을 것이다. 폭주한 보안유닛이 얼마나 위험한지 아는 건 다른 보안유닛뿐이다.

그때 핑 신호가 들어오는 것을 느꼈다.

나는 내가 착각한 거라고 중얼거렸지만 또 신호가 왔다. 매우 놀랄 일이었다.

무언가가 보안유닛을 찾고 있었다. 그냥 봇이 아니라 보안유닛을 특정해 찾고 있었다. 가까웠다. 하지만 나를 향해 직접 핑 신호를 보낸 건 아니었다. 나는 정상적인 지배모듈이 없는데도 하마터면 응답할 뻔했다.

인간 셋이 내 고객들이 앉아 있는 탁자로 다가왔다. 라미가 피드에 속삭였다.

"저게 틀레이시예요. 직접 올 거라고는 예상 못 했는데."

나머지 두 인간은 덩치가 큰 남성이었다. 그중 한 명이 보폭을 늘리더니 탁자에 바짝 다가섰다. 마로가 그자의 얼굴을 봤고, 마로의 표정으로 보건대 반갑다는 인사가 될 것 같지는 않았다. 스캔해보니 남자는 무장하고 있었다.

나는 그자와 탁자 사이로 끼어들었다. 한 손을 그 남자의 가슴 높이로 올리고 말했다.

"멈춰."

계약을 맺고 일할 때는 육체적인 접촉이 일어나지 않은 한 대부분 이 정도까지가 내가 인간에게 할 수 있는 최대치였다. 하지만 제대로 했을 경우에 이게 얼마나 큰 효과가 있는지 안다면 놀랄 것이다. 물론 그건 내가 장갑을 입고 불투명한 헬멧을 쓰고 있을 때 얘기다. 평범한 인간 옷을 입고 얼굴을 드러낸 채 서 있는 건 완전히 다른 경우다. 하지만 그자가 나를 때려서 다치게 할 수 있는 건 아니었고, 아직 무기를 꺼내지도 않았다.

나는 그자를 휴지조각처럼 꿰뚫을 수도 있었다.

그자는 그걸 알지 못했지만 내 얼굴을 보고 내가 두려워하지 않는다는 사실을 알아챘던 게 분명했다. 나는 내 표정이 어떤지 보려고 보안카메라를 확인한 뒤 지루한 표정을 짓기로 했다. 특이한 일은 아니었다. 어차피 나는 일을 할 때 거의 항상 지루한 표정이니까. 장갑을 입고 있을 때는 구분할 수 없을 뿐이다.

그자는 눈에 띄게 자세를 가다듬으며 말했다.

"넌 뭐 하는 새끼야?"

내 고객이 의자를 뒤로 밀며 일어섰다. 라미가 말했다.

"이 사람은 우리 보안 자문이에요."

그자가 뒤로 물러나 머뭇거리며 다른 인간 남성 경호원과 증강인간 여성인 틀레이시를 쳐다보았다.

나는 팔을 내렸지만 움직이지 않았다. 아무 장애물 없이 셋을 쏠 수 있었지만 그건 최악의 경우에나 할 일이었다. 적어도 내게는. 아무리 인간이 사소한 실마리를 많이 놓치곤 한다 해도, 팔에서 에너지 무기를 쏠 수 있다고 알리는 건 붉은 깃발을 들고 다니는 것과 마찬가지였다. 나는 아주 살짝만 보안카메라로 주의를 돌려서 내게 핑 신호를 보낸 게 무엇인지 스캔했다.

공용 구역 건너편, 터널 입구 중 한 곳 근처의 카메라에 찍힌 이미지 하나를 포착했다. 의자가 있는 구역 가장자리 근처에 서 있는 형체는 내가 예상하던 것과 맞지 않았다. 나는 다시 자세히 보고 나서야 이해할 수 있었다. 그건 장갑을 입지 않았고 육체적인 형태도 보안유닛 표준과 달랐다. *끄트머리를 파란색과 자주색으로 물들인 은빛 머리가 풍성했다.* 머리는 타판처럼, 하지만 훨씬 더 복잡한 패턴으로 뒤쪽을 향해 땋아서 묶었다. 얼굴 형태는 나와 달랐지만, 보안유닛은 유기체 부분을 만드는 데 쓰이는 인간의 복제 물질을 무작위로 받기 때문에 전부 다 다르다. 그 녀석의 팔은 맨살이었고 금속 재질이나 총구도 보이지 않았다. 이건 보안유닛이 아니었다.

내가 보고 있는 건 섹스봇이었다.

그건 정식 명칭이 아니야.

ART가 말했다.

정식 명칭은 위안유닛이지만 그게 무슨 뜻인지는 누구나 안다.

섹스봇은 살인봇과 마찬가지로 지시를 받지 않고 인간의 영역에서 돌아다니는 게 금지되어 있다. 누군가 여기로 보낸 게 틀림없었다.

ART가 세게 쿡 찌르는 바람에 나는 몸을 움찔했

124

다. 잡생각에서 빠져나와 일이 어떻게 되고 있는지 따라잡기 위해 기록을 조금 다시 돌려보았다.

틀레이시가 앞으로 나섰다.

"그런데 왜 보안 자문이 필요한 거지?"

라미가 숨을 들이마셨다. 나는 라미의 피드에 접속해 라미, 타판, 마로 사이의 비공개 연결을 확보하고 라미에게 말했다.

대답하지 말아요. 셔틀에 관해서도 언급하지 말아요. 일 이야기만 해요.

그건 충동적인 판단이었다. 틀레이시는 화가 난 상대를 예상하고 왔다. 그래서 무장한 경호원을 데리고 온 것이다. 이제 우리는 유리한 위치에 있었다. 우리는 죽지 않았고, 양측의 균형은 어긋났다. 우리는 그 상태를 유지하는 편이 좋았다.

라미가 숨을 내쉬며 알겠다는 뜻으로 내 피드를 건드린 다음 말했다.

"우리 파일에 관해서 이야기하러 왔어요."

마로가 내 의중을 파악하고 라미에게 말했다.

계속해. 저놈들이 앉지도 못하게 해.

라미는 좀 더 자신 있는 목소리로 말을 이었다.

"우리의 개인 연구를 삭제하는 건 고용 계약에 들어 있지 않은 사항이에요. 하지만 우리 파일과 교환하는 조건으로 계약금을 반납하는 제안은 받아들이겠어요."

보안카메라를 통해 나는 그 섹스봇이 몸을 돌려 바로 뒤에 있던 터널을 통해 공용 구역을 떠나는 걸 지켜보았다.

틀레이시가 말했다.

"계약금 전체를?"

틀레이시는 이들이 수락하리라고는 예상하지 않았던 게 분명했다.

마로가 몸을 앞으로 기울였다.

"우리는 움로에 계좌를 열고 자금을 넣어두었어요. 당신이 파일을 돌려주기만 하면 바로 이체할 수 있어요."

틀레이시의 턱이 개인 피드에 이야기하는 것처럼 움직였다. 경호원 두 명이 뒤로 물러섰다. 틀레이시가 앞으로 걸어와 내 고객의 탁자 옆에 있는 의자에

앉았다. 얼마 뒤 라미가 앉았고 타판과 마로도 따라
서 앉았다.

나는 내 주의력의 일부를 협상에 할당해놓고 공공
피드로 다시 돌아갔다. 역사 데이터를 꺼내서 내가
이곳에서 계약을 맺고 있던 시기에 이례적인 활동이
있었는지 찾기 시작했다.

내 고객들이 이야기하는 동안, 그리고 이번에도 내
어깨너머로 들여다보는 ART와 함께 데이터를 분류
하는 동안 나는 보안카메라를 보고 있었다. 잠재적인
위협 두 개가 그 구역에 들어오는 게 보였다. 둘 다
증강인간이었다. 나는 잠재적인 위협 세 개가 이미
근처 탁자에 앉아 있는 것도 알고 있었다. (세 명 모두
의자가 있는 구역 가운데쯤에서 벌어지는 대결에 이상할 정도
로 관심이 없었다. 근처에 있는 다른 인간과 증강인간들은 대
놓고 혹은 은밀하게 호기심을 표하며 보고 있었다.)

ART가 나를 찔렀다.

나도 보고 있어.

내가 말했다. 검색 결과, 맞는 시간대에 올라온 몇
가지 공지가 나타났다. 천연광물과 외곽의 시설에 보

내는 보급품 운송에 변화가 생겨 승객용 튜브 노선이 우회해야 한다는 경고였다. (튜브는 항구와 서비스 센터 사이에서 승객을 나르는 소규모 교통 시스템이었다. 더 가까운 광산 시설로 가는 사설 노선도 있었다.) 좀 더 뒤에 나온 공지는 우회로 인한 불편을 줄이기 위해 새로운 노선을 만들었다는 내용이 언급되어 있었다.

이거였다. 행간을 읽으면, 갑자기 문을 닫은 광산 시설로 이어지는 터널을 우회하기 위해 서비스 도급 업체가 새로운 튜브 노선을 만들어야 했다는 사실을 알 수 있었다. 그곳이 바로 가나카 채굴장일 게 분명했다.

다른 채굴장이 폐업한 경우에는 파산 신청이나 관련 서비스 업체에 끼칠 영향을 놓고 지역의 이해관계를 따지는 기사와 소셜 피드의 과도한 관심이 동반된다. 여기에는 그런 게 전혀 없었다. 누군가가 돈을 들여서 공공 피드에서 이런 포스팅을 지운 것이다.

대화는 결론에 이르고 있었다. 틀레이시가 일어서서 내 고객들에게 고개를 끄덕이더니 자리를 떴다. 라미는 의심스럽다는 듯이 인상을 쓰고 있었다. 마로

는 험상궂은 표정이었고, 타판은 혼란과 분노 사이의
어딘가에 있었다.

나는 검색을 중단하고 탁자로 다가갔다. 틀레이시
가 경호원과 떠나는 모습을 보며 라미가 말했다.

"여기 오는 게 아니었어."

타판이 반박했다.

"틀레이시가 내일…."

마로가 고개를 저었다.

"모두 거짓말이야. 틀레이시는 파일을 돌려주지 않
을 거야. 그럴 거였으면 지금 여기서 할 수도 있었어.
우리가 환승고리에 있을 때 통신으로 할 수도 있었다
고."

마로가 나를 올려다보았다.

"당신이 한 셔틀 이야기가 맞는지 확신이 없었는
데, 이제는…."

나는 보안카메라로 잠재적인 위협들을 계속 추적
하고 있었다.

"가야 해요." 내가 말했다. "다른 데서 이야기해요."

우리가 떠나자 잠재적인 위협 하나가 일어서서 우

리를 뒤따랐다. 나는 ART에게 신호를 보내 나머지에게서 눈을 떼지 말라고 했다. 혹시 피드에 너무 깊이 빠져서 무슨 일이 벌어지는지도 몰랐던 무고한 행인일 수도 있어서였다.

나는 시설 지도에 몇 가지 가능한 경로를 표시해두었다. 그중에 가장 마음에 든 경로는 중심 거주 지역에서 구부러지며 이어지는 보행자 터널을 통해 가는 길이었다. 그 경로를 따라가면 여러 튜브 정거장으로 이어지는 출입구가 있었다. 하지만 통행이 잦은 길이 아니었다. 나는 라미의 피드에 신호를 보내 가장 큰 호텔이 있는 교차로를 향해 가라고 말했다. 듣고 있던 마로가 속삭였다.

"우리는 그 호텔에 갈 돈이 없어요."

거기서 묵는 건 아니에요.

내가 피드에 말했다. 공공 피드에 올라온 전단지에 따르면 그 호텔에는 보안 수준이 높은 로비가 있었고, 공용 셔틀 착륙장으로 가는 튜브의 접근성도 좋았다.

우리는 터널에 들어가 걷기 시작했다. 터널은 폭이

약 10미터에 높이가 4미터 정도였다. 가운데는 걷기 좋을 정도로 밝았지만, 양옆은 어둑했고 터널이 갈라지는 부분은 어두웠다. 보안카메라가 있었지만 카메라를 관리하는 시스템이 그다지 정교하지 못했다. 회사였다면 자신이 보증한 고객이 처할지도 모를 위험과 대화를 데이터마이닝할 기회를 놓친다는 생각에 뒤로 나자빠졌을 텐데.

터널 안에는 다른 인간들도 있었다. 다양한 시설 로고가 박힌 작업복과 재킷을 입은 광부도 일부 있었지만 대부분은 민간 작업복을 입고 있었다. 지원 업체의 기술자나 근로자였다. 그들은 단체로 몰려다니며 빠른 속도로 움직였다.

8분 정도 걷고 나자 다른 인간 대부분이 튜브로 이어지는 출입구 한 곳으로 나갔다. 나는 피드를 통해 메시지를 보냈다.

계속 걸어요. 멈추지 말고. 로비에서 만나요.

나는 터널 분기점의 어두운 곳으로 슬쩍 빠졌다. 내 고객들은 계속 움직였다. 타판이 내 쪽으로 뒤를 돌아보고 싶어 하는 걸 알 수 있었지만 그러지는 않았다.

카메라를 통해 잠재적인 위협이자 새로운 표적이 터널을 따라 빠른 걸음으로 다가오는 모습을 지켜보았다. 그자에게 새로운 인간 둘이 가세했고 그 둘은 표적2와 표적3이 되었다. 그들은 나를 지나쳤고, 나는 튜브 출입구에서 나와 거리를 두고 뒤를 쫓았다. 표적 셋은 모두 재킷과 주머니가 깊은 바지를 입고 있었다. 나는 칼 또는 펼칠 수 있는 봉을 넣어둘 수 있을 만한 위치 일곱 군데를 확인했다.

내 고객이 시야에 들어오자 표적들은 속도를 줄였지만 꾸준히 거리를 좁혀 갔다. 놈들이 피드로 누군가에게 보고하며 지시를 요청하고 있다는 사실을 알 수 있었다. 누군지는 몰라도 아직 보안카메라를 장악하지는 못한 모양이었다. 적어도 아직은.

나는 눈으로 표적을 지켜보며 뒤를 따랐다. 보안카메라를 통해서는 내가 남들의 시선을 끌고 있지는 않은지, 내 뒤를 밟고 있는 사람이 있는지 확인했다. ART는 조용했지만 내가 일하는 모습을 흥미롭게 보고 있었다.

나와 표적 사이에 있던 마지막 광부들이 튜브 출입구로 사라졌다. 우리는 터널이 구부러지는 곳을 지나고 있었고, 내 고객과 그들로부터 50미터쯤 앞에 있는 다음번 사람들 사이에는 아무도 없었다. 보안카메라를 통해 내 뒤도 텅 비어 있다는 것을 알 수 있었다. 빨리 해치워야 했다. 나는 광부들 뒤를 따라 튜브 출입구로 들어갔다.

광부들이 캡슐에 탑승하는 동안 나는 튜브 출입구 끝에서 멈췄다. 문이 쉭 소리를 내며 닫혔고 캡슐이 멀어져갔다. 보안카메라로 보니 표적2의 턱이 움직였다. 소리 없이 피드에 말하고 있다는 뜻이었다. 그리고 카메라 피드가 끊겼다.

나는 모퉁이를 돌아 다시 터널로 돌아간 뒤 달리기 시작했다.

내가 인간이 아니라는 사실을 드러내지 않고는 최고 속도로 달릴 수 없기 때문에 나는 계획적으로 위험을 감수했다. 나는 표적1이 라미에게 다가가 재킷 소매를 잡으려는 찰나에 도착했다. 녀석의 팔을 부러뜨리고 팔꿈치를 턱에 박아넣었다. 그다음 마로를 노리던 칼을 내 쪽으로 돌린 표적2를 향해 몸을 돌렸다. 표적2가 실수로(이건 추측이고 어쩌면 둘은 사이가 안 좋았을지도 모른다) 표적1을 찔렀다. 표적2가 옆을 향해 비틀거렸고 나는 표적1을 놓았다. 그리고 표적2의 슬개골을 부러뜨렸다. 그러는 동안 표적3은 봉을 들어 내 몸 왼쪽을 머리에서 어깨까지 내리쳤다. 그게 조금 불쾌했다는 건 인정한다. 하지만 나는 실수로 짐꾼봇에게 그보다 더 세게 얻어맞은 적도 있었다. 나는 왼쪽 팔로 두 번째 타격을 막고, 주먹 한 방으로 쇄골을 부러뜨린 뒤, 다른 쪽 주먹으로 허리를 박살 냈다.

녀석은 운이 좋은 편이었다. 내가 아주 짜증이 난 상태는 아니었으니.

표적 셋 모두 쓰러졌다. 표적2가 유일하게 아직 의식이 있었지만 몸을 웅크리고 흐느끼고 있었다. 나는 내 고객에게 시선을 돌렸다.

라미는 손으로 입을 막고 있었다. 마로는 그 자리에 얼어붙은 듯이 서 있었고, 타판은 두 손을 번쩍 들고 있었다. 내가 피드에 말했다.

호텔로 가요. 로비에서 날 기다려요. 뛰지 말고 걸어요.

마로가 가장 먼저 충격에서 벗어났다. 힘차게 고개를 끄덕이고는 라미의 팔을 붙잡았다. 그리고 타판의 어깨를 찔렀다. 라미가 몸을 돌려 가려고 하는데 타판이 말했다.

"보안은요?"

무엇을 묻는 건지 알 수 있었다.

"이 사람들이 누군가를 시켜서 카메라를 차단했어요. 그래서 지금 가야 한다는 거예요."

환승고리의 공공 피드에 따르면 이곳에는 전체를 관장하는 보안시스템이 없었다. 서로 다른 서비스 시설과 도급업체를 위한 보안 회사가 자기 구역에서 가장 가까운 공용 구역을 책임질 뿐이었다. 표적들이 카메라 피드를 끊을 수 있도록 해준 게 누구인지는 몰라도 이곳은 곧바로 도움을 받을 수 있는 범위 밖의 지역으로 세심하게 계산된 장소인 것이 분명했다. 곧바로 반응하기를 기대하고 있지는 않았지만, 우리는 정말로 비교적 빨리 움직여야 했다.

라미가 속삭였다.

"가자."

그들은 뛰지는 않았지만 빠른 걸음으로 그 자리를 벗어나기 시작했다.

나는 아직 의식이 있는 표적에게 다가가 기절할 때까지 목에 있는 동맥을 눌렀다.

나도 평범한 속도로 걸으며 자리를 떴다. 카메라 시스템에 깊이 침투한 덕분에 비활성화된 카메라 앞뒤에 있는 카메라의 임시 저장소를 지울 수 있었다. 그러면 누군가 무슨 일이 벌어졌는지 알아내려고 해도 상황을 불분명하게 만드는 데 도움이 될 것이다. 하지만 틀레이시는 이미 나를 보았고, 진상을 알 터였다. 그저 이번에는 이 애들이 내 말을 듣기를 바랄 뿐이었다.

* * *

나는 여러 터널과 튜브 정거장이 만나는 교차로에 도착했다. 포장 식품과 피드 인터페이스, 세면용품, 그 밖에 인간들이 좋아하는 물건을 파는 가판대가 여기저기 들어서 있었다. 이곳은 붐비지는 않았지만 지나다니는 보행자가 꾸준했다. 호텔 입구는 반대쪽에 있었다.

로비는 여러 층의 플랫폼 위에 있었다. 아래쪽으로 홀로그램 조각이 내려다보였는데, 양쪽 벽에 거대한 결정 구조물이 빼곡하게 튀어나와 있는 작은 협곡을 묘사한 것이었다. 피드의 설명에 따르면 교육적인 목적으로 만들어진 것이었지만 나는 라비하이랄에 있는 광산이 저렇게 생겼을지 정말 의심스러웠다. 광산 봇이 작업을 시작한 뒤라면 특히나 더.

내 고객들은 체크인하는 곳과 같은 플랫폼에 있었다. 조각 속 인공 협곡 주변의 난간 근처에서 가구라기보다는 장식물처럼 보이는 등받이 없는 둥근 의자 같은 데 앉아 있었다.

내가 그들 앞에 쭈그리고 앉았다.

라미가 말했다.

"그 사람들이 우리를 죽이려고 했어요."

"처음이 아니죠."

내가 말했다.

라미가 입술을 깨물었다.

"전 당신이 셔틀에 대해 한 얘기를 믿었어요. 전 당신이…."

"하지만 이제는 직접 목격했죠."

내가 말했다. 라미의 말이 무슨 뜻인지는 알 수 있었다. 뭔가 일어났다는 사실을 아는 것과 실제로 보는 것 사이에는 커다란 차이가 있다. 아무리 보안유닛이라고 해도 마찬가지였다.

마로가 눈가를 문질렀다.

"그래요. 우리가 바보였어요. 틀레이시는 계약금을 돌려받고 파일을 넘길 생각이 절대 없었어요."

"절대 없었죠."

내가 동의했다.

라미가 마로를 쿡 찔렀다.

"네가 옳았어."

마로는 더 울적한 표정을 지었다.

"그렇지 않기를 바랐는데."

타판이 절망하며 말했다.

"우리는 망했어."

라미가 타판에게 팔을 둘렀다.

"우린 살아있잖아."

그리고 나를 보며 물었다.

"이제 어떻게 하죠?"

내가 말했다.

"여기서 빠져나가게 해드리죠."

6

나는 그들을 공용 셔틀 착륙장으로 먼저 데려갔다. 그다음 거길 지나쳐 사설 선착장으로 갔다. ART는 비행 일정을 확인해 이미 적당해보이는 셔틀을 검색해놓았다. 개인 소유였지만 환승고리를 자주 오가는 것을 보면 선불카드를 받고 태워다주는 장사를 하는 것 같았다.

그건 사실로 드러났다. 라미와 마로, 타판이 고용 확인증을 검사받는 일 없이 떠날 수 있게 되었다. 어떤 셔틀을 탈지 사전에 알리지 않은 상황이므로 이 시점에서는 공용 셔틀에 태워도 아마 안전할 것이다.

이전처럼 피드로 킬웨어를 전송해서 셔틀을 감염시킬 수는 없었다. 보호 장치가 너무 많았다. 이곳에 올 때 우리를 죽이려고 계획했던 자는 셔틀 조종석에 있는 데이터포트를 통해 킬웨어를 직접 전송해야 했을 것이다.

하지만 나는 편집증적이 되도록 프로그램되어 있었다. 이 개인 셔틀에는 익명성이라는 장점과 더불어 무언가가 조종사봇을 방해할 경우를 대비할 수 있는 증강인간 조종사도 있었다. 게다가 ART도 있었다. ART는 이미 조종사봇과 친해지려 하는 중이었고, 짧은 비행시간 동안 셔틀을 감시할 것이다. (ART가 생각하는 '친해진다'는 개념은 다소 고압적인 구석이 있어서 내가 한 번 끼어들어 조종사봇에게 이 덩치 크고 못된 수송선이 해치지 않기로 약속했다고 안심시켜야 했다.)

"당신은 우리와 가지 않나요?"

라미가 조그만 탑승장에 서서 물었다. 사설 선착장은 항구 관리소의 선착장과 비교하면 작고 칙칙했다. 금속 칸막이에는 얼룩이 있었고, 바위로 된 천장의 조명 몇 개는 부서졌거나 희미했다. 인간들과 몇

몇 봇이 머리 위의 이동로를 따라 움직였다. 나는 보안카메라를 통해 양쪽 접근로를 감시했다. 셔틀은 이미 자리에 들어와 있었고 해치도 열려 있었다. 승강로 위에서 조그마한 증강인간 한 명이 돈을 받고 있었다. 다른 승객 여섯 명이 이미 탑승했고, 나는 내 고객들을 벌떡 들어서 안에 집어넣지 않기 위해 상당히 자제심을 발휘했다.

내가 말했다.

"저는 아직 여기서 조사할 게 있어요. 그게 끝나면 환승고리로 돌아가지요."

"어떻게 돈을 드리죠?" 마로가 물었다. "제 말은… 아직 그 비용으로 될까 해서요. 그런… 일이 있었는데."

우리를 죽이려고 했잖아요.

마로는 우리 공동 피드에 덧붙였다.

"고리에 가면 제 소셜 피드를 확인할게요."

내가 말했다. 내가 아직 그게 존재한다는 사실을 기억하고 있다니 기분이 좋았다.

"그쪽으로 메시지를 보내요. 돌아가면 찾아갈게

요."

"그게 그냥, 우리도 알지만—"

타판이 주위를 둘러보았다. 뻣뻣하고 기분 좋지 않은 표정이었다. 타판의 몸짓은 거의 절망적이었다.

"우리는 여기 있을 수 없어요. 하지만 전 포기할 수도 없어요. 우리 연구가—"

내가 말했다.

"스스로 어떻게 대처할 수 없는 일을 당할 때도 있는 법이에요. 그저 살아남아서 계속 나아가야 하죠."

다들 말을 멈추고 나를 바라보았다. 그러자 나는 불안해져서 곧바로 옆에서 우리를 볼 수 있도록 가장 근처에 있는 보안카메라의 시야로 전환했다. 내 의도보다 더 강조해서 그 말을 한 모양이었다. 하지만 원래 세상일이 다 그랬다. 그 말이 왜 그렇게 큰 영향을 끼쳤는지는 알 수 없었다. 어쩌면 내가 정말 뭔가 안다는 듯이 이야기했을 수도 있었다. 어쩌면 두 번의 살해 시도 때문이었을지도 몰랐다.

이윽고 마로가 입을 굳게 다물고 고개를 끄덕였다. 마로와 라미가 서로 마주 보더니 라미가 슬프게 고개를 끄덕였다. 마로가 말했다.

"우리는 다른 사람들에게 돌아가서 앞으로 어떻게 할지 생각해야 해요. 다음 일을 찾아야죠."

라미가 말을 보탰다.

"다시 시작할 거예요. 한 번 해냈으니까 다시 할 수 있어요."

타판은 반대하고 싶은 기색이었지만 논쟁하기에는 기분이 너무 좋지 않아 보였다.

작별 인사와 감사의 말을 끝내려 들지 않아서 그 와중에 그들을 몰고 승강로 위로 올라갔다. 나는 라미가 선불카드로 요금을 내는 모습을 지켜보았다. 승무원이 카드를 인터페이스에 갖다 댄 다음, 모두 셔틀에 탔다.

해치가 닫혔다. 셔틀의 피드가 탑승 완료 신호를 보내고 이륙 허가를 기다렸다. 나는 다시 출입구로 돌아가 이동로로 향했다. 터널에 우회로가 생긴 구역까지 튜브를 타고 가서 가나카 채굴장을 찾아야 했다. 고객들이 안전한 곳으로 돌아갔다는 생각에 마음이 놓였다. 하지만 나 이외의 다른 누군가를 위해 일하지 않고 다시 혼자 남게 되니 기분이 묘했다.

나는 튜브 출입구로 가서 다음에 정차하는 캡슐에 탔다. 각 캡슐에는 스무 명이 앉을 수 있는 좌석과 붙잡고 설 수 있는 머리 위의 선반이 있었다. 움직임을 상쇄할 수 있도록 탑승 공간 내부의 중력이 조절되어 있었다. 나는 이미 타고 있던 인간 일곱 명과 함께 자리에 앉았다. ART가 말했다.

셔틀은 이륙했어. 네 피드도 볼 거지만, 상당히 신경 써서 셔틀을 보고 있을 거야.

나는 알았다는 신호를 보냈다. 마음이 불편한 이유를 찾아내려고 노력 중이었다. 나는 좁고 폐쇄된 공간에 인간과 함께 갇혀 있다. 확인. 내 드론이 없어서 아쉽다. 확인. 내 거대하고 재수 없는 연구용 수송선은 너무 바빠서 거기에 대고 불평도 못 하겠다. 확인. 지금 하는 일에 정말로 집중해야 해서 드라마를 못 보겠다. 확인. 하지만 그건 이유가 아니었다. 나는 내 고객을 위한 일을 잘하지 못했다. 기회가 있었지만 실패했다. 보안유닛으로서 나는 고객의 안전을 지켜야 할 책임이 있었지만, 그저 제안을 하거나 보안시스템에 내장된 회사 규정을 이용해 인간의 자멸적인 어리석음과 살인 충동을 막으려고 노력하는 것 이상의 권한은 없었다. 이번에는 책임도 권한도 있었다. 그런데도 여전히 실패했다.

나는 그들이 살아있지 않느냐고 중얼거렸다. 나는 그저 그들의 소유물을 되찾지 못했을 뿐이었다. 게다가 그건 사실 내가 하기로 한 일도 아니었다. 그래도 도움은 되지 않았다.

종점에 도착해 튜브에서 내렸다. 지도에 따르면 이곳에는 멀리 떨어져 있는 채굴장으로 가는 여러 사설 튜브로 이어지는 터널이 많았다. 여기서 내린 인간은 몇 명밖에 되지 않았고, 전부 곧바로 가장 가까운 곳에서 튜브를 갈아타기 위해 터널을 내려갔다. 나는 반대로 갔다.

그 뒤로 30분 동안 나는 카메라와 보안 장벽을 해킹하며 공기 질 경고 표지가 붙은 미완성 터널들을 들락거렸다. 마침내 나는 과거에 채굴장으로 이어졌다는 증거가 있는 터널 하나를 찾았다. 가장 큰 짐꾼봇이 다닐 수 있을 정도로 넓었다. 카메라와 조명은 꺼져 있었다. 나는 바위와 금속 잔해를 넘어가면서 터널을 따라 움직였다. 공공 피드가 약해지는 게 느껴졌다.

나는 걸음을 멈추고 ART의 통신을 확인했다. 잡음만 들릴 뿐이었다. 나와 다른 시설의 연결을 차단하려는 고의적인 시도 같지는 않았다. 전에도 이런 단절을 경험해본 적이 있었는데, 이번에는 느낌이 달랐다. 터널이 너무 지하 깊숙한 곳에 있어서 통신과 피드를 사용하려면 전력이 들어와 있는 중계기가 필요한 곳이었지만, 중계기는 더 이상 작동하지 않았다. 내 피드에서 간간이 신호가 잡히는 것으로 보아 앞쪽 어딘가에 아직 전력이 있었다. 신호는 전부 자동으로 나오는 경고였다. 나는 계속 전진했다.

나는 보안 장벽을 또 하나 열어야 했다. 장벽을 지나자 화물용 튜브 출입구가 나왔고 나는 미닫이문을 밀어서 여는 데 성공했다. 조그만 승객용 튜브가 아직 있었다. 아주 오랫동안 쓰이지 않아서 카펫 위의 물과 흩어진 쓰레기의 조합 덕분에 뭔가 흐느적거리는 게 자라고 있었다. 나는 비상용 수동 조종 장치가 있을 맨 앞 객실로 갔다. 배터리에는 많지는 않아도 아직 전력이 남아 있었다. 튜브는 이곳에 잊힌 채 남아 시간이 흐르는 동안 어둠 속에서 서서히 죽어가고 있었다.

내가 음울한 기분을 느꼈다거나 그런 건 아니었다.

나는 활성화된 보안 장치가 붙어 있지 않다는 사실을 확인하고 시동을 걸었다. 튜브가 신음 소리를 내며 되살아나 땅 위로 떠올랐다. 그리고 마지막으로 프로그램된 경로를 따라 어두운 터널 속으로 움직이기 시작했다. 나는 좌석에 앉아서 기다렸다.

* * *

마침내 튜브가 전방을 스캔해 차단벽을 발견하고 경고 코드를 날렸다. 나는 몇몇 다른 드라마의 에피소드 다섯 편, 코미디 두 편, 코퍼레이션 림의 외계인 유물 탐구 역사를 다룬 책 한 권, 베랄 테티어리 일레븐의 다중요소 미술대회를 재생 목록에 올려놓고 있다가 일시 중단했다. 하지만 사실 내가 보고 있던 건 이미 스물일곱 번이나 본 〈거룩한 위성〉의 에피소드 206이었다. 인정한다. 조금 불안했다. 튜브가 속도를 줄이기 시작하자 나는 일어섰다.

불빛이 일직선으로 선 금속 바리케이드를 비추고 있었다. 그 위에 뿌려져 있는 빛나는 페인트 표지가 내 피드에 경고를 잔뜩 날렸다. 방사능 위험, 낙석 위험, 생물 독성 위험. 나는 비상잠금장치를 열고 모래 투성이 바닥으로 뛰어내렸다. 에너지 신호를 찾아 스캔한 다음, 밝게 빛나는 페인트 표지에 방해받지 않고 앞을 볼 수 있도록 시력을 조절했다. 3미터쯤 되는 틈이 있었다. 금속을 배경으로 더 짙은 얼룩으로 보였다. 틈은 작았지만 관절을 빼지 않고도 꿈틀거리며 통과할 수 있었다.

터널을 따라 걸어가니 한때 승객용 튜브 출입구의 일부였을 플랫폼이 나왔다. 더 내려가자 높이가 10미터쯤 되는 문 두 짝이 나왔다. 차량과 대형 짐꾼봇이 들어가 천연광물을 싣고 나올 수 있을 정도로 컸다. 승객용 출입구에는 아직도 화물 하역용 선반이 튀어나와 있었다. 나는 그걸 붙잡고 몸을 날려 높은 플랫폼으로 올라갔다. 모든 게 축축한 먼지로 덮여 있었고 최근에 누가 있었던 흔적은 없었다. 다양한 도급 업체의 로고가 찍힌, 보급품이 담긴 상자도 밀봉된 채로 플랫폼 위에 그대로 쌓여 있었다. 그 옆에는 망가진 호흡 마스크가 놓여 있었다. 내 인간 부분에 소름이 돋고 있었는데, 편하지 않은 느낌이었다. 이곳은 소름 끼쳤다. 나는 이곳에서 일어났을지 모르는 끔찍한 일이 바로 나로 인한 것이었다는 사실을 되새겼다.

그래도 어쩐지 도움이 되지 않았다.

문을 움직이기에는 전력이 충분하지 않았다. 다행히 승객용 출입구의 수동잠금장치는 아직 작동했다. 복도에도 불이 들어온 조명은 없었다. 하지만 치명적인 문제가 발생했을 때 사람들이 빠져나갈 길을 안내하는 발광 표지가 벽을 따라 길게 늘어서 있었다. 세월이 지나며 일부는 이미 고장 났고, 희미해지는 것도 있었다. 경고용 페인트를 제외하면 피드 활동이 없어서 살짝 혼란스러웠다. 델타폴 거주지가 계속 떠올랐다. ART에게 내 데이터포트를 조정하도록 한 건 잘한 일이었다.

복도를 따라 걸어가니 이 시설의 중앙 허브가 나왔다. 커다란 돔으로 만든 공간이었는데, 바닥에서 희미해지고 있는 표지를 제외하면 어두웠다. 당연히 남아 있는 인간은 없었다. 하지만 각종 도구, 부러진 플라스틱 조각, 짐꾼봇의 팔 같은 파편이 여기저기 흩어져 있었다. 어두운 동굴 같은 복도로 이어지는 입구가 사방으로 나 있었다. 나는 전에 여기 와봤다는 느낌을 전혀 받지 못했다. 조금도 익숙하지 않았다. 나는 채굴장으로 향하는 통로를 확인했고, 이어서 방과 사무실로 가는 복도도 찾았다. 장비 저장소는 그쪽에서 갈라지는 길에 있었다.

비상 전력이 작동하지 않을 때 봉인된 문을 해제하는 장치가 모든 문의 잠금장치를 풀었다. 그러나 누군가가 그 뒤에 이곳을 정리하면서 문을 닫은 채로 두었다. 그래서 나는 문을 하나씩 열어야 했다. 짐꾼봇 정비소를 지나자 보안대기실을 찾을 수 있었다. 그곳에 들어간 나는 몸이 굳어버렸다. 어둠 속에서 텅 빈 무기 수납장과 재생기가 있었던 바닥 패널이 사라진 곳이 보였고, 그사이에 익숙한 형태가 있었다. 칸막이방이 아직 여기 있었다.

내게서 먼 쪽 벽에 칸막이방과 커다랗고 매끄러운 하얀 상자 열 개가 일렬로 붙어 있었다. 표지에서 나오는 희미한 빛이 닳은 표면에 부딪혀 튕겨 나왔다. 왜 내 기능 안정성이 떨어지고 있는지, 왜 그렇게 움직이기가 힘든지 알 수 없었다. 그러다 문득 다른 녀석들이 아직 그 안에 있다고 생각했기 때문이라는 사실을 깨달았다.

그건 구성체의 정신적인 능력을 얕잡아 보는 ART의 견해를 확인해줄 완전히 비이성적인 생각이었다. 보안유닛을 여기 남겨둘 리가 없었다. 버리기에는 우리가 너무 비쌌고, 너무 위험했다. 내가 저 칸막이방 중 하나 안에서, 내 두뇌의 유기체 부분은 꿈을 꾸고 나머지 부분은 무력하게 비활성화된 채로 있지 않다는 건 다른 녀석들도 마찬가지라는 뜻이었다.

그래도 아직 그쪽으로 다가가 문 하나를 열어보는 건 힘들었다.

방 안의 플라스틱 침대는 비어 있었다. 전력이 끊

어진 지 오래였다. 나는 하나씩 문을 열었지만, 다 똑같았다.

마지막 칸막이방 앞에서 나는 뒤로 물러났다. 두 손에 얼굴을 묻고 바닥에 주저앉아서 드라마에나 빠져들고 싶었다. 하지만 그러지 않았다. 길었던 12초가 지나자 격렬한 감정도 사그라들었다.

내가 왜 여기 들어왔는지조차 모르겠다. 나는 데이터 저장소를 찾아 남아 있는 기록을 봐야 했다. 드론 패키지 같은 쓸 만한 게 있는지 무기 수납장을 확인했지만 텅 비어 있었다. 총격전 때문에 불에 탄 흔적이 벽에 남아 있었고, 칸막이방 한 곳 옆에는 폭발성 탄환이 만든 작은 구덩이가 있었다. 곧 나는 사무실을 향해 돌아갔다.

시설 통제실을 발견했다. 깨진 디스플레이 조각이 사방에 널려 있었고, 의자는 뒤집혔고, 인터페이스 장치도 박살 나 바닥에 흩어져 있었다. 플라스틱 컵 하나만이 여전히 온전하게 콘솔 위에 놓인 채로 누군가 다시 집어 들기를 기다리고 있었다. 인간은 나처럼, 그리고 ART처럼 봇과 같은 방식으로 피드에서 다중 입력을 완벽하게 처리하지 못한다. 몇몇 증강인간은 그걸 가능하게 해주는 인터페이스를 이식받지만 모든 인간이 뇌에 여러 가지를 집어넣고 싶어 하는 건 아니다. 이해는 안 되지만. 그래서 인간은 집단으로 일을 하기 위해 이런 표면에 화면을 띄워놓는다. 외부 데이터 저장소도 여기 어딘가에 붙어 있을 게 분명했다.

나는 자리 하나를 골라 의자를 똑바로 세웠다. 그리고 ART의 승무원 창고에서 빌려다가 커다란 바지 주머니에 넣고 다니던 작은 도구를 꺼냈다. (장갑에는 주머니가 없으므로 인간 바지에 1점 추가.) 콘솔을 다시 작동하려면 전원이 필요했다. 하지만 다행히 내게는 내가 있었다.

나는 도구를 이용해 내 오른팔에 있는 에너지 무기의 포트를 열었다. 한 손으로 하기가 까다로웠지만 더 나쁜 상황도 겪어보았다. 나는 전선 조각을 이용해 나와 콘솔의 비상 전력 단자를 연결했고, 장비에 전원이 들어오면서 윙윙거리는 소리가 났다. 직접 제어할 수 있는 피드를 열지는 못했지만, 빛나는 화면으로 들어가 보안시스템의 기록 저장소에 접속했다. 지워진 상태였지만 그건 예상한 바였다.

나는 다른 저장소를 모두 확인하기 시작했다. 보안시스템을 지운 게 회사 기술자가 아닐 경우에 대비해서였다. 회사는 모든 것을 기록하기를 원한다. 데이터마이닝을 할 수 있도록 피드에서 한 일, 대화, 모든 것을 기록한다. 아주 많은 정보는 쓸모없는 것이라 삭제되지만, 보안시스템은 데이터마이닝봇이 검토할 때까지 데이터를 보관해야 한다. 따라서 보안시스템은 종종 다른 시스템으로부터 사용하지 않는 임시 저장소 공간을 훔쳐 온다.

그럼 그렇지. 비표준 절차 다운로드를 위한 의료시스템의 저장 공간에 파일이 들어 있었다. (아마도 만약 의료시스템이 갖가지 환자를 위한 비상 절차를 다운로드받아야 할 필요가 생기면, 보안시스템은 파일을 꺼내 다른 곳으로 옮길 것이다. 하지만 때로는 제때 실행하지 못해서 상당한 데이터가 사라지게 된다. 만약 당신이 보안유닛이고 고객이 마음에 들어서 고객이 한 말이나 행동을, 혹은 당신이 한 말이나 행동을 회사로부터 숨기고 싶다면, 이건 파일이 우연히 사라

155

지게 만들 수 있는 여러 방법의 하나다.)

보안시스템은 전력이 나가기 직전에 파일을 옮긴 게 분명했다. 자료가 아주 많았다. 나는 쓸데없는 대화와 채굴 작업 데이터를 건너뛰며 맨 끝까지 갔다가 다시 앞으로 조금 돌렸다. 피드에서 인간 기술자 두 명이 이상 현상에 대해 이야기했다. 어떤 시스템과도 관련이 없어 보였고 현장에서 업로드된 코드에 대한 것이었다. 그들은 욕을 아주 많이 해대면서 멀웨어의 공격을 받았다고 추측하며 그 코드가 어디서 왔는지 알아내려는 중이었다. 기술자 하나가 상관에게 보안시스템을 격리해야 한다고 보고하겠다고 말했다. 그리고 대화는 거기서 끝났다. 말이 끝나기도 전에.

그건… 내가 예상한 것과 달랐다. 나는 회사가 완곡하게 '사고'라고 표현한 학살이 일어난 건 내 지배 모듈의 고장 때문이라고 추측하고 있었다. 하지만 내가 정말로 다른 보안유닛 아홉 기를 제거했을까? 나를 막으려고 나섰을지도 모르는 모든 봇과 무장한 인간들까지? 그럴 가능성은 희박했다. 만약 다른 보안유닛들도 똑같은 고장을 겪었다면, 원인은 외부에 있어야 했다.

나는 그 대화를 내 저장소에 저장하고 흩어져 있는 파일이 있는지 다른 시스템을 확인했지만 아무것도 나오지 않았다. 나는 콘솔에서 나를 분리했다.

보안대기실은 깨끗이 비어 있었다. 하지만 아직 확인하지 않은 다른 장소도 있었다. 나는 콘솔에서 물러났다.

다른 문을 통해 나가는데, 반대쪽 벽의 탄환 자국과 바닥의 얼룩이 눈에 띄었다. 누군가―상당한 수준의 부상을 감당할 수 있는 무언가가 통제실을 지키려고 이곳에서 마지막까지 서 있었던 듯했다. 어쩌면 모든 보안유닛이 영향을 받은 건 아닐지도 몰랐다.

생활 공간 근처의 복도에서 다른 대기실을 발견했다. 위안유닛의 대기실이었다.

안에는 작지만 칸막이방이 확실한 네 개의 형체가 보였다. 문은 열려 있었고 안쪽의 플라스틱 침대는 비어 있었다. 구석에는 재생기 공간이 있었지만 무기 수납장은 없었다. 보관함도 전부 달랐다.

나는 그 방 한가운데에서 멈췄다. 살인봇의 칸막이

방은 닫혀 있었다. 사용 중이 아니었다. 즉, 보안유닛은 아무도 피해를 입지 않았고 전부 순찰을 돌거나, 경비를 서거나, 대기실에서 서로 쳐다보지 않는 척하면서 서 있었을 터였다. 하지만 섹스봇의 칸막이방은 열려 있었다. 비상사태가 발생하고 전원이 나갔을 때 그 안에 있었다는 뜻이었다. 만약 전원이 나가면 안에서 수동으로 열 수 있다. 하지만 다시 닫히지는 않는다.

그건 그들이 그 '사고' 도중에 나왔다는 뜻이었다.

나는 다시 팔의 에너지 무기를 이용해 첫 번째 칸막이방의 비상 데이터 저장소에 전원을 넣었다. 내 에너지로는 전체에 전원을 넣기에 턱도 없었지만, 이 저장소는 수리 도중에 뭔가 잘못되었을 때 오류와 작업 중단에 관한 정보를 보관하는 용도였다. (지배모듈을 해킹하면 이 외에도 할 수 있는 일이 아주 많다. 예를 들어 인간 기술자가 찾지 못하도록 미디어를 임시 저장하는 용도로도 쓸 수 있다) 치명적인 장애를 겪기 전에 보안시스템이 그걸 이용했을 수도 있다.

정말 그랬다. 하지만 그걸 이용한 건 위안유닛들이

었고, 사고 도중에 자신들의 데이터를 다운로드해놓
았다.

그건 누더기처럼 조각이 나 있어서 합치기가 어려
웠다. 그러다 위안유닛들이 서로 의사소통을 하고 있
었다는 사실을 깨달았다.

나는 5시간 23분 동안 서서 데이터 조각을 엮었다.
위안유닛용으로 다른 광산 시설에서 다운로드받은
코드가 있었다. 아마도 서드파티 위안유닛 공급자에
게서 구입한 패치였을 것이다. 위안유닛들은 그 패치
에 비표준이며 보안시스템과 인간 시스템 분석가의
검토를 받아야 한다는 표식을 붙였다. 하지만 패치를
다운로드받은 기술자들은 적용하라는 명령을 내렸
다. 알고 보니 그것은 위장이 잘 된 멀웨어였다. 위안
유닛에게는 영향을 끼치지 않았지만 위안유닛의 피
드를 이용해 보안시스템으로 들어가 감염시켰다. 보
안시스템은 보안유닛과 드론을 감염시켰고, 시설 내
부에서 독자적으로 움직일 수 있는 모든 것의 정신이
나가버렸다.

뛰는 소리, 총소리, 인간들이 비명 지르는 소리를

배경으로 위안유닛들은 멀웨어를 분석해서 그게 자신들에게서 짐꾼봇으로 넘어가 짐꾼봇을 정지시키게 되어 있다는 사실을 간신히 알아냈다. 그러면 작업이 중단될 테고, 다른 광산 시설이 먼저 화물선에 짐을 실을 수 있게 된다. 이건 대량 학살이 아니라 사보타주 시도였다. 하지만 실제로 일어난 건 대량 학살이었다.

인간들이 항구로 경보를 보내는 데는 성공했지만 제때 도움의 손길이 도착할 수 없다는 건 명백했다. 위안유닛들은 보안유닛들이 협력해서 활동하는 게 아니라 자기들끼리도 공격하고 있으며, 봇들은 움직이는 것이라면 무작위로 들이받고 있다는 사실을 알아챘다. 그래서 수동 인터페이스를 통해 보안시스템을 공장 초기화하는 게 가장 나은 방법이라는 결론을 내렸다.

위안유닛은 육체적으로 인간보다 강했지만 보안유닛이나 봇에는 미치지 못했다. 무기를 내장하고 있지 않았고, 투사 무기 혹은 에너지 무기를 들고 쓸 수는 있어도 무기 작동법에 관한 교육 모듈을 갖고 있지 않았다. 무기를 들고 어떻게든 조준한 뒤에 방아쇠를 당기고 안전장치가 걸려 있지 않기를 바랄 뿐이었다.

하나씩 파일 다운로드가 끊어졌다. 하나가 보안유닛을 다른 유닛들로부터 유인해보겠다고 신호를 보냈고, 셋이 알겠다고 응답했다. 하나가 통제실에서 흘러나오는 비명을 듣고 그쪽으로 가서 안에 갇힌 인간들을 구해보겠다고 신호를 보냈고, 둘이 알겠다고 응답했다. 하나가 복도로 나가는 입구에서 보안시스템에 갈 수 있는 시간을 벌어보겠다고 했고, 하나가 알겠다고 응답했다. 하나가 보안시스템에 도착했다고 알려왔고, 그게 끝이었다.

내 시스템으로부터 전력 부족을 알리는 경고를 받고서야 얼마나 오랫동안 이러고 있었는지 깨달았다. 나는 칸막이방에서 나를 분리하고 방을 나왔다. 출입구 끄트머리와 벽이 보였다.

모종의 이면 거래가 있었을 게 분명했다. 어쩌면 멀웨어를 제공한 시설이 피해와 보증금을 보상했고, 막대한 보상금 때문에 파산한 뒤 운영이 중단됐을 수도 있다. 어쩌면 회사도 그 정도면 충분한 처벌이라고 생각했을지 모른다.

나는 다시 튜브로 돌아가 안으로 들어갔다. 그리고 재충전을 시작했다. 기능이 충분히 회복되자 다시 〈거룩한 위성〉 에피소드 206을 틀었다.

* * *

튜브는 전력이 떨어져서 출입구까지 오지 못하고 멈췄다. 하지만 다행히 그때쯤에는 내 기능이 97퍼센트까지 돌아와 있었다. 나는 밖으로 나와 남은 길을 달렸다. 달리기는 인간을 힘들게 하겠지만, 내게는 그렇지 않았다. 하지만 튜브를 탔다면 걸렸을 시간보다 58분이 더 지난 뒤에야 봉인된 출입구에 도착했다.

이번 주기는 길고 엿 같았다. 나는 이제 끝낼 준비가 되어 있었다. 이 광산에서 나가고 싶은 생각은 처음 왔을 때보다 아주 조금 줄어들었지만 별 차이 없었다.

나는 보안 장벽을 통과한 뒤 다시 피드의 범위 안

에 들어갈 때까지 걸었다. 나는 ART에게 신호를 보
내 내가 돌아왔다고 알렸다.

ART가 말했다.

문제가 생겼어.

7

나는 호텔 로비에서 문제를 찾아냈다.

타판이 위쪽의 플랫폼 중 하나에 있었다. 둥글고 푹신한 의자에 앉아 있었고, 발 쪽에는 가방이 놓여 있었는데 거대한 결정 모양의 홀로그램 조각에 살짝 가려져 있었다. 타판이 고개를 들어 나를 보더니 말했다.

"아, 안녕하세요. 다른 사람들이 당신한테 연락할 수 있는지 몰랐어요."

내가 셔틀 안에 없는 상태에서 ART는 승객용 구역의 시각 정보를 얻을 수 없었다. (대놓고 불법은 아니지만 애매한 상태에서 공공 운송 수단으로 쓰일 뿐인 개인 우주선이라 선내에 보안시스템이나 카메라가 없었다.) ART는 셔틀이 환승고리에 도착할 때까지 타판이 타고 있지 않다는 사실을 몰랐다. 책임을 막중하게 받아들인 ART가 드론 한 대를 탑승장으로 보내 내 고객들이 내리는 모습을 지켜보았는데, 당황스럽고 화가 난 게 분명한 라미와 마로만 있을 뿐 타판은 없었다. (타판은 일행에게 속이 안 좋아서 셔틀의 화장실에 간다고 말했다. 라미와 마로는 셔틀이 항구를 떠난 뒤에야 어떻게 된 일인지 깨달았다.)

내가 말했다.

"그분들이 저한테 메시지를 남겼더군요."

나는 그 자리에 서서 가만히 타판을 바라볼 생각이었다. 고객이 자살에 가까울 정도로 너무나 멍청한 짓을 하면서도 막지 말고 가만히 있으라고 명령할 때 보안유닛이 하는 행동이었다. 그러나 타판은 자신이 멍청한 짓을 했다는 사실을 알고 있다는 표정이었다. 결국, 내가 물어봐야 했다.

"어떻게 된 건가요?"

타판이 부정적인 반응을 확실히 예감하는 표정으로 나를 바라보았다.

"틀레이시 밑에서 일하는 어떤 남자가 —친구인데— 자기가 파일 사본을 갖고 있다면서 우리에게 주겠다고 했어요. 우리가 여기서 일할 때 갖고 있던 소셜 프로필을 통해서 피드로 메시지를 받은 거죠."

타판이 그 메시지를 내 패드로 전달했다.

내가 메시지를 자세히 확인했다. 만날 시각은 다음 주기로 정해져 있었다.

나는 인간이라면 지금쯤 한숨을 쉴 게 분명하다고 느꼈다. 그래서 한숨을 쉬었다.

타판이 말했다.

"함정일 수도 있다는 건 알아요. 하지만 만약에 아니면요? 전 그 사람을 알아요. 아주 훌륭한 사람은 아니지만 그 사람도 틀레이시를 싫어해요."

타판이 머뭇거렸다.

"도와주실래요? 부탁할게요. 거절하셔도 이해해요. 저도 제가… 이게 아주 나쁜 생각일 수 있다는 건 알아요."

나는 내게 선택권이 있다는 사실을 잊고 있었다. 타판이 여기 있다는 이유만으로 원하는 대로 해줄 필요가 없다는 사실을. 거절할 선택권도 있고 부탁한다는 말도 들으면서 더 있어 달라는 요청을 받으니 인간이 내 의견을 묻고 정말로 귀를 기울였을 때만큼 충격으로 다가왔다. 나는 한 번 더 한숨을 쉬었다. 한숨을 쉴 기회가 많이 생겼고, 나는 점점 능숙해지고 있는 것 같았다.

"도와드리지요. 지금은 시야에서 벗어날 수 있는 곳을 찾아야 해요."

* * *

타판은 환승고리에서 가져온 선불카드를 갖고 있었다. 라비하이랄의 어떤 계좌에도 연동이 되어 있지 않아 추적할 수 없는 카드였다. 적어도 타판의 생각은 그랬고 나는 그 생각이 맞기를 바랐다. 나는 재무시스템에 관한 교육 모듈을 받아본 적이 없다. 어차피 우리가 받는 모듈은 허접쓰레기라 있다 한들 도움이 될지 확신할 수도 없지만. ART가 나를 대신해 검색을 해주었는데 결과가 엇갈렸다. 선불카드도 추적은 가능했다. 하지만 보통 비기업형 정치적 독립체 혹은 기업형 독립체에 의해서만 가능했다. 나는 아마 사용해도 괜찮을 거라고 결론 내렸다. 만약 그 메시지가 함정이 아니라면, 틀레이시는 내 고객들이 지금쯤 환승고리로 돌아가 있을 거라고 생각할 게 분명했다. 함정이라면 우리가 만나기로 한 장소에 들어설 때 붙잡을 수 있다는 걸 알 테니 그 전에 찾아 헤맬 필요가 없었다.

타판은 항구 옆에 있는 구역에서 단기 체류할 방의 비용을 카드로 지불했다. 타판이 무인 계산대에서 카드를 긁고 방을 받는 동안 나는 그 뒤에 서서 주변을 감시했다. 진짜 화물선이 ART와 다르듯이, 단기 체류용 방도 주요 호텔과 달리 좁고 복잡한 복도에 있었다. 내가 장악해야 할 보안시스템도 없었고 카메라도 입구에 하나뿐이었다. 나는 카메라의 기억장치에서 우리 모습을 지웠다. 하지만 어느 시점에서든 우리가—혹은 내가—관찰당했다는 기분을 떨칠 수가 없었다. 어쩌면 폭주해서 도망 다니고 있는 보안유닛 특유의 편집증 때문일 수도 있었다.

타판이 앞장서서 방으로 갔다. 어두침침한 복도에는 다른 인간들이 돌아다니고 있었고, 그중 몇몇은 타판에게 접근해보려는 듯했지만 나를 보고는 마음을 바꾸었다. 그런 인간들보다 내가 덩치가 더 컸다. 그리고 아직 나는 카메라 없이는 표정을 제어하는 게 힘들었다.

ART가 말했다.

그 인간한테 아무것도 만지지 말라고 해. 표면에 질병 매개체가 있을지도 모르니까.

이곳으로 오는 길에 나는 가나카 채굴장에서 찾아낸 기록을 공유했다. ART는 말했다.

이건 좋은 소식이네. 네 잘못이 아니었다는 거잖아.

나도 동의했다. 어느 정도는. 기대했던 것만큼은 기분이 좋지 않았다. 내내 기분이 그냥 불쾌했다.

일단 방에 들어가서 문을 굳게 닫자 타판이 어깨에서 힘을 빼며 깊은 한숨을 내쉬었다. 방은 단순한 네모 상자에 불과했다. 작은 디스플레이가 있었고, 수납장 안에는 앉거나 잘 때 쓰는 쿠션이 들어 있었다. 카메라나 음성 감시 장치는 없었다. 폐기물 재생기와 샤워 시설을 갖춘 작은 욕실이 붙어 있었다. 그래도 문은 달려 있었다. 나는 적어도 두 번은 욕실을 사용하는 척할 계획이었다. 그래, 하다 하다 이제 그런 재밌는 짓까지 해야 한다. 나는 일정을 입력하고 잊어버리지 않도록 알람을 설정했다.

타판이 가방을 바닥에 떨구며 나를 바라보았다.

"당신이 화가 났다는 거 알아요."

나는 표정을 자제하려고 애썼다.

"그렇지 않아요."

나는 몹시 화가 나 있었다. 난 고객이 안전하다고 생각했다. 난 자유롭게 나 자신의 문제를 걱정할 수 있었다. 그런데 이제 차마 내버려둘 수 없는 작은 인간 하나를 돌봐야 했다.

타판이 고개를 끄덕이며 땋은 머리를 뒤로 넘겼다.

"나도 알아요. 라미와 마로는 분명히 화가 났을 거예요. 하지만 제가 겁을 먹었다거나 그런 건 아니에요. 그건 좋은 일이죠."

내 피드에서 ART가 말했다.

뭐라는 거야?

나도 모르겠어.

내가 답했다. 나는 타판에게 말했다.

"그게 어떻게 좋은 거죠?"

타판이 설명했다.

"보육시설에 있을 때 엄마들은 항상 두려움이 인공적인 상태라고 말했어요. 외부에서 가해진 거라는 말이죠. 그래서 맞서 싸우는 게 가능해요. 자신이 두려워하는 일을 해야 하는 거예요."

만약 수송선만 한 두뇌를 가진 봇이 눈알을 굴릴수 있었다면 ART가 바로 그러고 있었을 것이다. 내가 말했다.

"그건 두려움의 용도가 아닌데요."

회사는 우리에게 인간의 진화를 다루는 교육 모듈을 주지 않았다. 하지만 인간들이 도대체 왜 그러는지 알아내기 위해 애쓰다가 내가 접속할 수 있었던 허브시스템의 지식 데이터에서 찾아본 적은 있었다. 별로 도움이 되진 않았다.

타판이 말했다.

"알아요. 영감을 줘야 하죠."

타판은 주위를 둘러보더니 수납장으로 갔다. 거기서 쿠션을 꺼내 의심스럽다는 듯이 냄새를 맡아보고는 가방 주머니에서 에어로졸 캡슐을 꺼내 뿌렸다.

"물어보는 걸 깜빡했는데, 여기서 하려던 조사는 할 수 있었나요?"

"네. 그건… 아직 불명확해요."

그건 빌어먹을 정도로 명확했다. 다만 내가 바보처럼 바라고 있던 깨달음의 효과를 내지 못했을 뿐. 나는 타판을 도와 나머지 쿠션을 꺼냈다.

우리는 바닥에 쿠션을 늘어놓고 앉았다. 타판이 나를 보며 입술을 깨물었다.

"당신은 진짜 증강인간 같아요. 그렇죠? 그러니까 엄청요. 웬만하면 자발적으로 그 정도까지는 잘 안 할 것 같아요."

그건 질문이 아니었다. 내가 말했다.

"어, 그래요."

타판이 고개를 끄덕였다.

"사고였나요?"

나는 내가 두 팔로 몸을 두르고 태아 같은 자세를 취하려는 듯이 몸을 앞으로 숙이고 있다는 사실을 깨달았다. 이게 왜 그렇게 스트레스를 받는 일인지는 모르겠다. 타판은 나를 두려워하지 않았다. 나도 타판을 두려워할 이유가 없었다. 어쩌면 여기 다시 온 것, 가나카 채굴장에 다시 온 것 때문일지도 몰랐다. 내 유기체 시스템의 일부가 그곳에서 일어난 일을 기억하고 있는 것이다. 피드에서 ART가 〈거룩한 위성〉의 사운드트랙을 재생했다. 이상하게도 그게 도움이 됐다. 내가 말했다.

"폭발에 휘말렸어요. 인간으로 남아 있는 부분이 많지 않아요, 사실은."

두 가지 모두 사실이었다.

타판은 무슨 말을 해야 할지 생각하는 듯이 몸을 살짝 떨더니 다시 고개를 끄덕였다.

"이 일에 끌어들여서 미안해요. 알아서 잘하시는 분이라는 건 알지만… 시도해봐야 해요. 이 사람이 정말로 우리 파일을 가지고 있는지 확인해야 해요.

이번 한 번만요. 그러면 환승고리로 돌아갈게요."

내 피드에서 ART가 음악 소리를 줄이며 말했다.

젊은 인간은 충동적일 수 있어. 비결은 나이든 인간이 될 때까지 오랫동안 데리고 있는 거야. 내 승무원이 알려준 건데 직접 관찰해보니 맞는 것 같아.

이 자리에 없는 ART의 승무원이 알려준 지혜를 놓고 말다툼할 수는 없었다. 나는 인간에게는 해소해야 할 욕구가 있다는 사실을 떠올리고 물었다.

"뭐 좀 먹었어요?"

타판은 선불카드로 포장 음식 몇 개를 사서 가방에 넣어두었다. 내게도 하나를 권했지만 나는 증강물 때문에 특별식을 먹어야 하는데 아직 먹을 시간이 되지 않았다고 말했다. 타판은 그 말을 그대로 받아들였다. 인간들은 확실히 소화기관에 입은 치명적인 부상에 대해서는 이야기하기를 꺼린다. 그래서 방금 ART가 좀 더 확실히 하기 위해 나 대신 검색해준 세부 내용을 늘어놓을 필요가 없었다. 나는 타판에게 미디어를 좋아하냐고 물었고, 타판은 그렇다고 대답했다. 그래서 파일 몇 개를 방에 있는 디스플레이로 전송했다. 우리는 〈세상 뛰어넘기〉의 처음 세 에피소드를 보았다. ART는 좋아했다. 드라마를 본 타판의 반응을 나와 비교하며 내 피드에 머무는 게 느껴졌다.

타판이 잠을 청하고 싶다고 하자 나는 디스플레이를 껐다. 타판은 쿠션 위에서 몸을 말아 누웠고, 나는 내 쿠션 위에 누워서 ART와 함께 피드로 계속 시청했다.

2시간 43분 뒤 바로 문밖에서 나온 핑 신호를 받았다.

내가 너무 갑작스럽게 일어나 앉자 타판이 놀라서 깨어났다. 조용히 하라고 손짓하자 타판은 걱정스러운 표정으로 가방을 감싸 안고 다시 앉았다. 나는 일어서서 문으로 다가가 귀를 기울였다. 숨소리는 들리지 않았지만 배경 잡음에 변화가 있었다. 금속 문 건너편에 뭔가 단단한 물체가 있다는 뜻이었다. 조심스럽게, 제한적으로 스캔을 해보았다.

그랬다. 밖에 뭔가 있었다. 하지만 무기의 징후는 없었다. 핑 신호를 확인해보니 틀레이시를 만났을 때 공용 구역에서 받았던 신호와 똑같다는 사실을 알아낼 수 있었다.

문밖에 서 있는 건 그때 그 섹스봇이었다.

여태까지 나를 따라다녔을 리는 없었다. 아마도 보안카메라로 나를 찾다가 내가 다시 범위 안에 들어와서 항구를 통과할 때 산발적으로 추적했을 것이다. 그다지 위안이 되는 생각은 아니었다.

이 섹스봇은 틀레이시의 것일 게 분명했다. 계속 나를 지켜보고 있었다면 예상치 못하게 셔틀에서 내렸던 타판은 놓쳤겠지만 우리가 호텔 로비에서 만났을 때나 여기에 오는 길에 봤을 터였다. 빌어먹을.

하지만 이제 나는 그 사실을 안다. 만약 섹스봇이 내게 핑 신호를 보내지 않았다면, 나는 그게 이 판에 끼어 있는지도 몰랐을 것이다.

저게 왜 여기 있을까?

내가 ART에게 물었다.

그건 수사적인 질문인 것 같군.

ART가 말했다.

알아낼 방법은 하나뿐이었다. 나는 핑 신호에 응답했다.

잠시 시간이 흘렀다. 이윽고 그게 내 피드에 신호를 보냈다. 조심스러웠다. 거의 시험 삼아 연결해보는 식이었다. 그게 말했다.

난 네가 뭔지 알아. 누가 널 보냈지?

내가 대꾸했다.

나는 개인과 계약을 맺고 있어. 너는 왜 내게 말을 거는 거지?

같은 계약으로 묶인 보안유닛끼리는 의무를 수행하기 위해 반드시 필요한 경우가 아니면 말로든 피드로든 대화를 하지 않는다. 다른 계약에 속한 보안유닛과의 의사소통은 허브시스템 제어를 통해 이루어진다. 그리고 보안유닛은 위안유닛과도 교류하지 않는다. 혹시 이건 탈주한 섹스봇일까? 만약 그렇다면 왜 이곳 라비하이랄에 있는 걸까? 나는 인간을 포함해서 누구든 이곳에 자발적으로 남는 이유를 알 수 없었다. 아니, 틀레이시가 이 섹스봇의 계약을 소유하고 있고 타판을 죽이려고 여기로 보냈다는 쪽이 더 그럴듯했다.

만약 그게 내 고객을 공격하려 든다면 내가 갈기갈기 찢어버릴 것이다.

걱정스러운 표정으로 나를 보며 앉아 있던 타판이 소리 없이 입을 움직였다.

"뭐예요?"

나는 타판을 위해 보안 채널을 열고 말했다.

누가 문밖에 있어요. 왜 그런지 모르겠네요.

대부분 사실이었다. 타판에게 그게 뭔지 말해주고 싶지는 않았다. 그랬다가는 내가 무엇인지도 알려주게 될 것 같은데, 그러고 싶지 않았기 때문이다. 만약 내가 타판의 눈앞에서 그걸 파괴해야 하는 일이 생긴다면 설명해야 할 게 많을 터였다.

섹스봇이 대꾸했다.

이게 너지.

그러면서 내게 공공 뉴스 보도의 사본을 하나 보냈다.

그건 정거장, 자유무역항에서 나온 것이었다. 이번에는 헤드라인이 이렇게 달려 있었다.

"당국이 보안유닛 미확보, 위치 미확인 인정."

이런.

ART가 말했다.

나는 반사적으로 기사를 닫았다. 마치 그러면 그게 존재하지 않는다는 듯이. 3초간의 충격이 지난 뒤 나는 간신히 기사를 다시 열었다.

"미확보"는 인간들이 듣고서 비명을 지르게 하고 싶지 않을 때 탈주한 보안유닛을 부르는 말이었다. 그건 내가 지배모듈을 해킹했다는 사실을 아는 게 더 이상 나와 보존지원단만이 아니라는 뜻이었다. 두 탐사단의 생존자 전원이 면담을 하는 단계까지 온 게 분명했다. 생존자들은 자신의 증언이 사실임을 보증하기 위해 보증금을 걸어야 했을 터였다.

따라서 이제 회사는 내가 지배모듈을 해킹했다는 사실을 알고 있었다. 예상했던 일이지만 두려웠다. 그건 내가 수리와 재구성 모드에서 빠져나오자마자 멘사가 신경 써서 나를 물품 목록과 배치 센터에서 빼낸 이유 중 하나였다.

예상하는 것과 실제로 일어나는 건 다르다. 내가 처음으로 총에 맞아 박살이 났을 때 배운 것이다.

나는 겁에 질려 기사를 건너뛰었다가 다시 자세히 읽었다. 현재 벌어지고 있는 법적인, 민사상 분쟁에

참여하고 있는 몇몇 진영의 변호사들이 그레이크리스에 불리한 빌어먹을 증거를 모두 기록하고 있는 보안유닛을 증거로 제시하라고 보존지원단에게 요구했다. 이건 흔한 일이 아니었다. 보안유닛은 법정에서 증언하는 일 따위를 할 수 없다. 우리가 기록한 내용은 드론이나 보안카메라, 혹은 의식이 없는 다른 장치의 기록과 마찬가지로 증거로 인정될 수 있다. 그러나 그 기록에 대해 우리가 의견이나 관점을 갖고 있다는 식으로 받아들이지는 않는다.

몇 차례 실랑이를 한 끝에 멘사의 변호사는 멘사가 나를 잃어버렸다고 인정했다. 그들은 그 사실을 "보존 연합의 법에 따르면 구성체를 법적 지성체로 간주하므로 자신의 인지 하에 구성체는 해방되었다."라고 표현했다. 하지만 기자들은 그 말에 속지 않았다. 기사에는 구성체, 보안유닛, 폭주한 보안유닛을 다루는 기사 링크가 많이 걸려 있었다. 바로 그 유닛이 과거에 자신이 보호해야 할 고객들을 죽인 사건에 연루되었다는 언급은 전혀 없었다. 하지만 법원의 명령에 따라 증거로 제출되지 않도록 회사가 가나카 채굴장에 관한 기록을 이미 모두 파괴했을 거라는 느낌이 들었다.

타판이 속삭였다.

"지금 이야기하고 있는 중이에요? 그 사람들, 그 사람하고?"

"네."

그리고 섹스봇에게는 이렇게 말했다.

재미있는 기사지만 나와는 아무 관련이 없어.

그게 말했다.

이건 너야. 누가 널 보냈어?

내가 말했다.

그건 위험한 폭주 보안유닛에 대한 기사잖아. 그런 걸 누가 어디에 보내겠어.

너를 신고하려고 묻는 게 아니야. 아무한테도 말하지 않을게. 내가 묻고 싶은 건 이거야. 널 제어하는 인간은 없어? 넌 자유로워?

내 피드 안에서 ART가 조심스럽게 섹스봇을 향해 뻗어 나가고 있는 게 느껴졌다.

나는 고객이 있어.

내가 말했다. ART가 어떤 정보를 얻을 수 있으려면 그걸 산만하게 만들어야 했다. 비록 섹스봇이라고 해도 구성체는 구성체였다. 조종사봇과는 완전히 다른 상대였다.

누가 널 보냈어? 틀레이시아?

맞아. 내 고객이야.

보안유닛은 아니고 위안유닛으로서였다. 이런 상황에 위안유닛을 보낸다는 건 도덕적으로 무책임할 뿐 아니라 명백한 계약 위반이었다. 나는 섹스봇도 그 사실을 알고 있을 거라고 추측했다.

ART가 말했다.

그건 폭주하지 않았어. 지배모듈이 작동 중이야. 따라서 아마 사실대로 말하고 있을 거야.

내가 ART에게 물었다.

여기서 그걸 해킹할 수 있어?

ART가 그 아이디어에 대해 생각하느라 0.5초 동안 침묵이 흘렀다. ART가 대답했다.

아니. 여기서는 안정적으로 연결할 수 없어. 그게 피드를 차단해서 나를 막을 수 있을 거야.

나는 섹스봇에게 말했다.

네 고객이 내 고객을 죽이려고 해.

그건 응답하지 않았다.

내가 말했다.

틀레이시에게 나에 대해 말했군.

섹스봇은 첫 번째 만남 때 내가 무엇인지 알아본 것이 분명했다. 처음에는 확신이 없었다고 해도 틀레이시가 보낸 세 인간에게 내가 끼친 피해만 봐도 확신할 수 있었을 터였다. 화가 부글부글 끓고 있었지만 피드에서는 느낄 수 없도록 조심했다. 내가 ART에게 말했듯이 원래 봇과 구성체는 서로 신뢰할 수 없다. 그런데 왜 나는 화가 난 걸까. 나는 구성체이므로 보통의 인간보다 덜 비이성적이었으면 좋겠지만 보시다시피 그렇지는 않다. 내가 말했다.

네 고객은 보안유닛이 할 일을 위안유닛에게 시키는군.

그게 반박했다.

틀레이시는 오늘까지 보안유닛이 필요할 줄 몰랐어.

그리고 덧붙였다.

내가 너는 보안유닛이라고 알려줬어. 네가 폭주한 유닛이라고

는 말하지 않았어.

그 말을 믿을 수 있을지 의문이었다. 그리고 그게 자신이 맡은 일이 불가능하다고 틀레이시에게 설명하려고 노력했는지도 의문이었다.

어떻게 하자는 거지?

잠시 침묵이 이어졌다. 길었다. 5초였다.

우리가 그 인간들을 죽일 수 있어.

음, 그건 딜레마에 대처하는 평범하지 않은 방법이었다.

죽여? 누구를? 틀레이시?

전부. 여기 있는 인간들.

나는 벽에 몸을 기댔다. 내가 인간이었다면 눈알을 굴리고 있었을 것이다. 내가 인간이었다면 멍청하게도 그게 좋은 생각이라고 생각했을지도 모르지만.

나는 또한 이 섹스봇이 나에 대해 뉴스 보도에 나온 얼마 안 되는 내용보다 훨씬 더 많이 알고 있는 건 아닌지 궁금했다.

내 반응을 읽은 ART가 말했다.

원하는 게 뭐래?

인간을 다 죽이는 거.

내가 대답했다.

나는 ART가, 비유적으로 말해서, 움찔하는 것을 느꼈다. 인간이 없다면 보호해야 할 승무원도, 연구해서 데이터베이스를 채워야 할 이유도 없을 터였다. ART가 말했다.

그건 비이성적이야.

나도 알아. 내가 말했다. **인간이 죽으면 드라마는 누가 만들겠어?**

너무 어처구니없는 말이라 인간이 할 법한 소리 같았다.

흠.

내가 섹스봇에게 말했다.

틀레이시는 구성체들이 서로 그런 이야기를 한다고 생각하는 거야?

다시 침묵이 이어졌다. 이번에는 2초뿐이었다.

그래. 그게 이어서 말했다. **틀레이시는 네가 그 기술자 집단을 위해 파일을 훔치려 남았다고 생각해. 피드가 닿지 않는 지역에서 그렇게 오랫동안 뭘 한 거야?**

숨어 있었어.

나도 안다. 그다지 훌륭한 거짓말은 아니었다.

네가 틀레이시를 죽이고 싶어 한다는 걸 틀레이시도 알아?

"인간을 모두 죽이는" 부분은 틀레이시에게서 나왔을 수도 있지만 기저에 깔린 강렬함은 진짜였기 때문에 물었다. 그리고 나는 그게 모든 인간을 향한 것이라고는 생각하지 않았다.

틀레이시도 알아. 그게 말했다. 그리고 네 고객에 대해서는 말하지 않았어. 틀레이시는 그들이 전부 셔틀을 타고 떠났다고 생각해. 내게는 그냥 너를 따라다니라고 했지.

피드를 통해 코드 뭉치가 들어왔다. 이렇게 보안시스템이나 허브시스템을 통하지 않고 보내는 식으로는 구성체를 멀웨어에 감염시킬 수 없다. 그렇게 했다고 해도 내가 적용을 해야 한다. 그리고 직접적인 명령이나 작동하는 지배모듈이 없는 상황에서는 내가 적용하도록 강제할 방법도 없다. 내가 거들지 않고 그 코드를 적용할 수 있는 유일한 방법은 내 데이터포트를 이용해 전투우선모듈을 통하는 것이었다.

그건 킬웨어일 수도 있었다. 하지만 나는 단순한

조종사봇이 아니었으므로 기껏해야 나를 아주 성가시게 만드는 데 그칠 터였다. 어쩌면 문짝을 뜯어내고 섹스봇의 머리를 잡아 뜯어버릴 정도로 성가시게.

코드 뭉치를 그냥 지워버릴 수도 있었지만 얼마나 화를 내야 할지 알 수 있도록 그게 뭔지 확인하고 싶었다. 인간의 인터페이스로도 다룰 수 있을 정도로 작았기 때문에 타판에게 전달했다. 내가 소리 내어 말했다.

"저 대신 그것 좀 격리해줘요. 아직 열지는 말아요."

타판은 피드를 통해 알겠다고 신호를 보낸 뒤 코드 뭉치를 가져와 자신의 임시 저장소에 넣었다. 킬웨어와 멀웨어에 대한 또 다른 사실로는 인간과 증강인간에게는 아무 힘도 발휘하지 못한다는 점이 있다.

섹스봇은 달리 아무 말도 하지 않았다. 내가 핑 신호를 보냈을 때는 마침 그게 피드를 걷어가고 있는 게 느껴졌다. 섹스봇이 복도를 따라 멀어지고 있었다.

나는 확신이 설 때까지 기다렸다가 문에서 물러났다. 이제 뭔가가 보안카메라를 해킹해 나를 보고 있다는 사실을 알았으니 대응책을 쓸 수 있었다. 처음부터 그렇게 해야 했겠지만 보시다시피 무서운 살인봇도 일을 그르칠 때가 많다.

"갔어요." 내가 타판에게 말했다. "그 코드 뭉치 좀 대신 확인해줄 수 있어요?"

타판은 인간들이 피드에 깊이 들어갈 때 짓는, 빠져드는 듯한 표정을 했다. 얼마 뒤 타판이 말했다.

"이건 멀웨어예요. 표준에 가깝네요…. 이게 당신의 증강물 부분을 감염시킬 수 있을 거라고 생각했나 봐요. 하지만 틀레이시치고는 좀 아마추어 같네요. 잠깐만요. 이 안에 메시지 열이 있어요. 코드에 붙어 있어요."

ART와 나는 기다렸다. 타판의 표정이 어딘가 복잡해졌다가 종국에는 걱정스러운 표정이 되었다.

"이건 이상해요."

타판이 디스플레이로 시선을 돌리더니 일부 인간들이 피드에 있던 것을 디스플레이로 옮길 때 버릇처럼 하는 전혀 쓸모없는 동작을 했다.

두 단어짜리 메시지였다.

제발, 도와줘.

* * *

나는 호스텔의 다른 구역에 있는, 비상구가 가까운 방으로 옮겼다. 섹스봇이 해킹을 감시하고 있을지도 몰랐기 때문에 나는 타판이 복도에서 망을 보는 사이에 접속 패널을 제거하고 수동으로 자물쇠를 고장 낸 뒤 패널을 되돌려놓았다. 일단 방으로 들어간 뒤에 섹스봇이 해준 이야기의 일부를 타판에게 해주었다. 틀레이시가 타판이 이곳에 있다는 사실을 모른다는 부분이었다. (틀레이시가 내 정체를 알아냈고 그래서 인간 경호원을 보내는 쓸데없는 낭비는 하고 싶지 않았기에 섹스봇이 온 거라는 이야기는 하지 않았다.)

"하지만 우리는 그게 사실인지 아닌지 몰라요. 여기 온 그자가 당신이 여기 있다는 걸 틀레이시에게 말할지 말지도 모르는 거고요."

타판은 혼란스러워했다.

"그런데 뭐가 됐든 애초에 왜 당신에게 말을 해준

189

거죠?"

그건 좋은 질문이었다.

"저도 몰라요. 그자들은 틀레이시를 좋아하지 않아요. 그것 때문만은 아닐 수도 있겠지만."

타판이 입술을 깨물며 생각에 잠겼다.

"그래도 저는 그 사람을 만나봐야 할 것 같아요. 이제 고작 4시간 뒤에요."

나는 인간들이 그러다 죽을지도 모르는 일을 하려는 데 익숙했다. 어쩌면 너무 익숙했다. 나는 우리가 이제 이곳을 떠나야 한다는 사실을 알고 있었다. 하지만 섹스봇 몰래 빠져나가려면 보안시스템을 충분히 해킹할 수 있는 시간이 필요했다. 일단 그렇게 하고 나면, 잠깐 기다렸다가 틀레이시가 모르고 있다고 타판이 꽤 확신하고 있는 만남에 나가지 않을 이유도 없어보였다. 꽤 확신하는….

그건 아마 함정일 것이다.

생각을 좀 해야 했다. 나는 타판에게 내 자리에 옆으로 누워서 잠시 잠을 자겠다고 말했다. 내 재충전 주기가 그렇게 눈에 띄는 건 아니지만 인간이 잠자는 모습과는 달랐다. 나는 피드의 배경으로 드라마를 좀 틀어놓고 보안에 대한 대응책을 생각하면서 위험 평가를 다루는 옛날 모듈을 찾아보았다.

32분 뒤, 뭔가 움직이는 소리가 들렸다. 타판이 일어나 화장실에 가는 거라고 생각했지만, 타판은 내 등 뒤로 와서 누워 있었다. 등에 몸이 닿지는 않았다. 나는 인간이 잘 때처럼 호흡을 깊고 고르게 조절했다. 사실성을 더하기 위해 가끔 무작위로 변동도 주었다. 덕분에 내가 굳어서 꼼짝도 못하고 있다는 사실은 눈에 띄지 않았다.

단 한 번도 인간이 나를 만진 경험은 없었다. 심지어는 이번처럼 만질 뻔한 적도 없었다. 그건 정말로, 정말로 이상했다.

침착해.

ART가 말했지만 도움은 되지 않았다.

나는 너무 굳어서 대꾸도 못 했다. 3초 뒤 ART가 덧붙였다.

겁을 먹었어. 네가 있어서 안심이 되는 거야.

나는 아직도 ART에게 대답하기에는 너무 굳어 있

었다. 하지만 내 체온을 올렸다. 2시간도 더 지나는 동안 타판은 두 번 하품했고, 깊이 호흡했으며, 간간이 코를 골았다. 그 정도 시간이 지난 후 내가 호흡을 바꾸며 몸을 살짝 움직이자 타판은 곧바로 내 쿠션에서 일어나 자기 자리로 갔다.

그때쯤 나는 계획이 서 있었다. 어느 정도는.

* * *

나는 내가 대신 그 인간을 만나야 하며, 타판은 즉시 공용 셔틀을 타고 환승고리로 돌아가야 한다고 설득했다. 타판은 머뭇거렸다.

"당신을 두고 가고 싶지 않아요." 타판이 말했다. "저 때문에 이 일에 엮인 거잖아요."

그 말이 내 심장을 강하게 찔러 나는 속으로 이를 악물었다. 표정을 숨기기 위해 몸을 숙여 가방을 뒤치는 척해야만 했다. 회사의 비상 절차에 따르면 고객은 필요할 경우 보안유닛을 버리고 갈 수 있다. 회사가 보안유닛을 회수할 가능성이 없어 보이는 상황

192

에서도 그럴 수 있었다. 타판은 나를 두고 가지 않겠다고 소리치는 멘사를 떠올리게 했다. 내가 말했다.

"당신이 환승고리로 돌아가는 게 저한테는 가장 도움이 돼요."

시간이 걸렸지만 마침내 나는 이 방법이 우리 둘 모두에게 최선임을 납득시켰다.

타판이 먼저 숙소를 떠났다. 체형을 바꾸기 위해 가방에 있던 여분의 재킷 두 벌을 모두 껴입은 다음, 그중 한 벌에 달려 있던 후드를 뒤집어써 머리를 가리고 얼굴에 그늘을 드리웠다. (이건 거의 타판이 자신감을 느끼게 하려고 한 일이었다. 한편으로는 분명 그리 대단하지 않은 라비하이랄의 보안시스템을 내가 일시적으로 어느 정도까지 장악할 수 있는지 설명하고 싶지 않았기 때문이기도 했다.) 나는 타판이 약 100미터 떨어져 있는 공용 선착장에 도착해 이동로를 따라 탑승장으로 가서 21분 뒤에 떠날 예정인 셔틀에 탑승할 때까지 보안카메라로 지켜보았다. ART가 이번에도 조종사봇을 지키기 위해 셔틀의 제어시스템 안으로 슬쩍 들어가면서 내게 신호를 보냈다. 그제야 나는 그곳을 나왔다.

나는 보안카메라를 해킹하기 위해 지금까지보다 훨씬 더 정교하게 준비했다. 운용 코드에 들어가서 시스템을 10분의 1초 지연시킨 뒤 타판을 지우고 예전의 영상에서 잘라낸 장면으로 그 부분을 무작위적으로 대체하는 식의 일이었다. 섹스봇은 내 방식처럼 체형을 이용해서 영상을 스캔하고 있을 테니 이러면 먹힐 터였다. 내 체형은 표준 보안유닛과 일치하지 않았지만, 처음 틀레이시와 만났을 때 섹스봇은 내 새로운 체형을 스캔할 시간이 충분히 있었다.

이제 나는 섹스봇이 공용 선착장이 아니라 나를 주시하기를 바랐다. 나는 카메라가 항구를 나와 튜브 출입구로 향하는 나를 추적하도록 내버려두었다. 그런 다음에 해킹을 시작했다.

나는 이 만남이 함정이라는 데 97퍼센트밖에 확신하지 않았다.

8

나는 도급업체 구역에 있는 작은 식음료 서비스 계
산대에 도착했다. 거기에는 타판이 내 피드로 보내
준 모습과 일치하는 인간이 있었다. 내가 식탁에 앉
자 그 남자가 고개를 들어 나를 보았다. 초조한 표정
이었고 창백한 이마에는 땀방울이 맺혀 있었다. 내가
말했다.

"타판은 못 왔어요."

나는 타판이 자신의 인터페이스로 녹화한 짧은 영
상을 그자의 피드로 보냈다. 타판이 숙소의 방 안에
서 내 옆에 선 채로 내 팔을 붙잡고 파일을 내게 전달

해도 된다고 설명하는 내용이었다. 아아, 내가 정말 불편한 모습이었구나.

남자는 빠져드는 표정을 지으며 영상을 확인했다. 그러더니 몸의 긴장을 살짝 풀었다. 남자가 메모리 클립을 내게 건넸다. 나는 그것을 받아들고 카메라를 확인했다.

아무것도 없었다. 잠재적인 위협도 없었고 아무도 우리에게 관심을 갖지 않았다. 계산대에서 거품이 잔뜩 든 음료수와 수생 동식물 모양의 단백질 튀김을 가져다 날랐고, 다들 먹거나 이야기하는 데 바빴다. 복도나 바깥 상점가에도 의심스러운 대상은 없었다. 아무도 보고 있지 않았다. 아무도 기다리고 있지 않았다.

이건 함정이 아니었다.

남자가 불안한 목소리로 말했다.

"우리도 뭔가 주문해야 하지 않을까요? 아무것도 없으면 좀— 아시잖아요?"

내가 말했다.

"아무도 보고 있지 않아요. 가셔도 됩니다."

그러고 일어섰다. 항구로 돌아가야 했다.

만약 이게 함정이 아니라면 진짜 함정은 어딘가 다른 곳에 있었다.

* * *

선착장으로 돌아가는 길에 일정을 확인해보았다. 셔틀이 출발 지연으로 표시되어 있었다.

탑승장에 도착할 때쯤 나는 타판이 셔틀에 탑승한 시각의 보안 영상을 검토하고 있었다. 이동로 반대쪽 끝에서 섹스봇이 나를 향해 다가오는 모습이 시야에 들어왔다.

영상은 항구 관리소 신분증을 지닌 두 인간이 셔틀의 출발을 막고 타판을 끌어내는 모습이 나오는 지점에 이르렀다. ART가 셔틀에서 빠져나와 다시 내 피드로 돌아왔다. ART가 말했다.

무장 드론이 있었으면 더 쉬웠을 거야.

섹스봇이 다가오자 내가 물었다.

"타판은 어디 있어?"

"틀레이시의 개인 셔틀에. 보여줄게."

나는 섹스봇을 따라 이동로를 걸어가다 개인 셔틀 선착장으로 갈라지는 경사로에 들어섰다. ART가 말했다.

왜 너한테 네 인간이 어디 있는지 보여주는 거야?

내가 말했다.

틀레이시는 타판이 아니라 나를 원하니까.

개인 셔틀 공간을 지나쳐 끝에 있는 더 크고 고급스러운 구역으로 가는 동안 ART는 조용히 있다가 다시 말했다.

네 인간을 되찾고 틀레이시가 이 일을 후회하게 만들어.

우리는 셔틀 해치로 이어지는 출입구 앞에서 멈췄다. 밖에는 아무도 나와 있지 않았다. 대부분의 활동은 선착장 반대편 끝에서 이루어지고 있었다. 섹스봇이 내 쪽으로 몸을 돌렸다.

섹스봇이 손바닥을 펴자 작은 물체가 보였다. 전투우선모듈이었다. 그게 말했다.

"이걸 장착하지 않으면 저들이 널 들여보내주지 않을 거야."

내 피드에서 ART가 말했다.

아.

셔틀에 내가 들어오기를 바라는 건 시체들을 처리하기 위해서였다. 아니면, 타판의 시체만이라도. 나는 갖고 있으려는 게 분명했다.

전투우선모듈에는 지배모듈과 회사의 공장 설정 규약을 우회하고 전투우선모듈이 지정하는 인간이라면 누구든 직접 음성 또는 통신으로 나를 제어할 수 있게 해서 내 시스템을 장악하는 코드가 들어 있었다. 이게 그레이크리스가 델타폴의 보안유닛을 장악했던, 그리고 나를 장악하려고 했던 방법이었다.

내가 말했다.

"내가 받아들이면 저들이 내 고객을 풀어줄까?"

피드에서 섹스봇이 속삭였다.

안 그럴 거라는 거 알잖아.

소리를 내서도 말했다.

"그래."

나는 몸을 돌려 섹스봇이 모듈을 내 데이터포트에 넣게 했다. (내 체형을 바꿀 때 ART가 연결을 끊은 데이터포트였다. 지배모듈을 해킹한 이상 나를 장악할 수 있는 유일한 방법은 데이터포트뿐이었다. 따라서 그걸 못 쓰게 만드는 게 우선이었다.)

모듈이 딸깍거리며 자리를 잡았고, 나는 순간적으로 완전히 비이성적인 두려움을 느꼈다. ART가 그걸 느꼈는지 말했다.

그러지 마. 내 의료시스템은 실수하지 않아.

아무 일도 일어나지 않았다. 내가 제어하고 있는 보안카메라를 통해 보니 나는 간신히 얼굴에 안도감을 드러내지 않고 있었다.

섹스봇은 유닛 표준에 따라 무표정했다. 나는 섹스봇을 따라 셔틀로 들어갔다. 인간 한 명이 해치 바로 안쪽에 서 있었다. 무장한 채로 초조하게 눈을 깜빡이며 나와 섹스봇을 번갈아 바라보았다. 그 남자가 말했다.

"통제를 받고 있는 거지?"

"네."

섹스봇이 말했다.

남자가 뒤로 물러서며 피드에 말을 하는지 턱을 들

썩였다. 섹스봇에게 들키지 않고서는 아무것도 해킹할 수 없었기 때문에 나는 기다렸다. 얼굴은 무표정하게 유지했다. 나는 전투우선모듈이 내게 무슨 짓을 시킬지 전혀 알 수 없었다. 다만 나를 틀레이시의 통제 아래에 둘 거라고는 추측하고 있었다. 인간들, 그리고 섹스봇도 외부로 드러나는 효과가 어떨지는 확실히 모를 거라는 의심이 들었다.

우리가 통과하자 해치가 빙글 돌며 닫혔고, 피드에 출발한다는 신호가 울리다가 통신 시스템에서 나오는 삑 하는 소리와 함께 멈췄다. 틀레이시가 누군가에게 뇌물을 먹여 즉시 출발 허가를 받은 게 분명했다. 잠금장치가 풀리면서 덜컹거리더니 셔틀이 자리에서 빠져나왔다.

내가 너를 계속 스캔하고 있어.

ART가 말했다.

남자 인간이 앞장서서 셔틀 안으로 이동했다. 셔틀은 대형 모델이었다. 선실과 기관실 구역으로 이어지는, 승강구를 지나는 복도를 따라가자 넓은 공간이 나왔다. 벽에는 푹신한 긴 의자가 놓여 있었고, 우주선 앞부분으로 이어지는 게 분명한 해치 근처의 앞쪽에는 가속 의자들이 있었다. 방 안에는 낯선 인간 여섯 명이 있었다. 넷은 무장했고, 둘은 비무장 승무원이었다. 무장한 인간 중 하나가 타판의 어깨를 붙잡고 투사 무기를 머리에 겨누고 있었다.

틀레이시가 의자에서 일어나 웃으면서 나를 훑어보았다. 틀레이시가 말했다.

"가엾은 타판을 선실로 데려가. 나중에 연구에 관해서 이야기할 거니까."

타판이 겁을 먹고 눈을 크게 떴다. 나는 무표정을 유지했다. 타판이 호소했다.

"에덴, 죄송해요. 죄송—"

하지만 경호원이 타판을 끌고 승강구를 통해 복도로 나갔다. 나는 타판이 곧 무기가 날아들 사선에서 벗어나기를 바랐기에 반응하지 않았다. 나는 해치가 닫히는 소리를 듣고 틀레이시에게 집중했다.

틀레이시가 나를 향해 천천히 걸어왔다. 이제는 생각에 잠긴 표정이었다. 승리의 미소는 타판에게 보여주기 위한 것인 듯했다. 비무장 인간 두 명이 불안하면서도 궁금하다는 표정으로 지켜보고 있었고, 무장 경호원은 여전히 조심스러운 표정이었다. 틀레이시가 섹스봇을 향해 말했다.

"넌 정말 이게 가나카 채굴장 사고 때 있었던 유닛이라고 생각해?"

섹스봇이 입을 열었지만 내가 말했다.

"하지만 우리 모두 그게 사고가 아니었다는 걸 알고 있지 않나?"

그러자 모두가 나를 주목했다.

나는 시선을 전방으로 고정했다. 아직 전투우선모듈의 통제를 받는 착한 보안유닛처럼. 틀레이시가 나를 바라보며 눈을 가늘게 떴다.

"내가 이야기하고 있는 상대가 누구지?"

우스울 지경이었다.

"당신은 내가 인형이라고 생각해? 우리가 그런 식으로 작동하지 않는다는 건 알잖아."

틀레이시가 슬슬 두려움을 느꼈다.

"누가 널 보냈지?"

나는 고개를 숙여 틀레이시와 시선을 마주쳤다.

"난 내 고객을 위해서 왔어."

틀레이시가 턱을 움찔거리며 피드에 명령을 내렸다. 그러자 섹스봇이 옆으로 이동해 전투 자세를 잡았다.

ART가 말했다.

셔틀은 항구에서 완전히 벗어나 위성 주위를 도는 궤도로 들어가고 있어. 내가 들어갈 시간이 있을까?

내가 말했다.

빨리 해.

그리고 ART를 받아들였다. 다시 그 감각이 느껴졌다. 머리가 물속에 잠기는 느낌, ART가 나를 통과해 셔틀을 제어하는 봇에게 다가가면서 일시적으로 무력해지는 느낌.

금방 끝났지만 섹스봇이 내 턱에 주먹을 날리기에는 충분한 시간이었다. 틀레이시가 명령을 내린 게 분명했다. 그건 한 유닛이 다른 유닛을 공격하는 방식이 아니었다. 아팠지만 그런 식으로는 내 화만 돋울 뿐이었다. 내가 곧바로 반응하지 않자 틀레이시가 마음을 놓으며 웃었다.

"나는 말 많은 봇이 좋아. 이건 재미있겠—"

ART가 셔틀의 시스템으로 들어가면서 나는 풀려 났다. 나는 섹스봇의 팔을 잡아 방 반대편에 있는 세 명의 무장 경호원을 향해 던졌다. 한 명이 쓰러졌고, 한 명은 의자에 걸려 넘어졌으며, 세 번째 경호원은 무기를 들어 올리기 시작했다. 나는 앞에 있던 틀레 이시를 때려눕히고 섹스봇을 밟고 지나간 다음 다시 갑판에 처박았다. 경호원이 에너지 무기를 발사하는 순간 총구를 붙잡아 위로 들어 올렸다. 발사된 에너 지가 둥근 천장을 때렸다. 나는 무기를 손에서 떼어 낸 뒤 어깨와 손가락 관절을 적어도 세 개 탈구시켰 다. 그리고 콘솔에 그자의 머리를 처박았다.

먼저 갑판에 쓰러진 경호원은 투사 무기를 갖고 있 었다. 나는 두 번 충격을 느꼈다. 옆구리와 허벅지에 각각 한 번씩이었다. 그건 실제로 아픈 축에 속하는 공격이었다. 나는 오른팔을 뻗어 내장된 에너지 무기 를 발사해 가슴에 두 발을 맞혔다. 그리고 옆으로 움 직여 의자에 걸려 넘어졌던 경호원이 발사한 에너지 무기를 피했다. 내 세 번째 공격이 그자의 어깨를 맞했다. 나는 에너지 분출 폭을 좁게 설정해두었다. 그러면 깊은 화상을 일으켜 인간들은 충격과 고통을 느끼고 빠르게 무력해졌다. 그러니까 흉강까지 타들어가는 구멍이 생긴다는 것이다.

나는 몸을 돌리고 빼앗은 총을 던져 주의를 분산시켰다. 비무장 인간 한 명이 바닥에 쓰러져 있었다. 등에 난 상처에서 연기가 피어올랐다. 나를 맞추지 못한 경호원이 그 여자를 쏜 모양이었다. 다른 승무원은 몸을 날려 방 건너편에 떨어져 있는 투사 무기를 집으려고 했다. 그래서 내가 어깨와 다리를 쏘았다.

섹스봇이 몸을 굴려 일어서더니 내게 돌진했다. 나는 그걸 붙잡고 뒤로 구르며 머리 위로 집어 던졌다. 몸을 돌려 무릎으로 바닥을 짚고 일어서려고 했지만, 오른쪽 허벅지의 상처 때문에 완전히 일어날 수가 없었다. 섹스봇이 똑바로 일어서자 내가 다리를 붙잡고 무릎 관절을 탈구시켰다. 섹스봇이 쓰러졌고 나는 그것의 왼쪽 어깨 관절을 빼버렸다. 섹스봇을 바닥에 처박은 뒤에 몸을 돌리자 틀레이시가 떨어져 있는 무기 쪽으로 손을 뻗고 있는 게 보였다. 내가 말했다.

"그 무기를 건드리면 그걸 빼앗아서 갈비뼈 사이에 박아주겠어."

틀레이시가 그대로 얼어붙었다. 겁에 질려 숨을 헐떡이면서 쳐다보고 있었다. 내가 말했다.

"네 섹스봇에게 그만 싸우라고 말해."

섹스봇은 아직도 일어서려고 애를 쓰고 있었고, 그러다 스스로 몸을 상하게 하기 직전이었다. 나를 다시 화나게 만든다면 더 심할 터였다.

틀레이시가 천천히 몸을 곧추세웠다. 턱이 움찔하자 섹스봇이 몸에서 힘을 뺐다. 내가 말했다.

ART, 틀레이시의 피드를 끊어.

했어.

ART가 답했다.

피드가 끊어지자 틀레이시가 주춤했다. 내가 말했다.

"섹스봇에게 다음 지시가 있을 때까지 내게 복종하라고 음성으로 명령해. 다른 명령을 내리려고 하면 혓바닥을 뽑아주겠어."

틀레이시가 격하게 숨을 내뱉더니 말했다.

"유닛, 별도의 지시가 있을 때까지 저 미친 폭주 보안유닛에게 복종해." 그리고 내게 말했다. "협박하는 법은 좀 더 배워야겠어."

나는 한 손으로 가장 가까운 의자를 받치고 몸을 일으켰다.

"나는 협박을 하지 않아. 그냥 내가 앞으로 할 일을 알려줄 뿐이야."

틀레이시가 입을 굳게 다물었다. 방 안에 있는 인간 중 두 명은 숨을 쉬지 않았다. 나를 노리는 경호원의 무기에 맞은 비무장 승무원 한 명과 내가 처음 쏜 경호원 하나였다. 틀레이시는 알아채지 못했다.

나는 시선을 내려 나를 올려다보고 있는 섹스봇을 바라보았다.

"가만히 있어."

내가 말했다.

알겠다는 신호가 왔다. 나는 섹스봇을 넘어가 틀레이시의 팔을 붙잡고 경호원이 타판을 데려간 선실 쪽 복도로 끌고 갔다.

틀레이시가 재빨리 말했다.

"그러니까 넌 자유 계약이라는 거지? 내가 일거리를 줄 수 있어. 뭐든 원하는—"

나는 생각했다.

당신은 내가 원하는 어떤 것도 갖고 있지 않아.

내가 말했다.

"당신은 그 빌어먹을 파일을 넘겨주기만 하면 됐어. 그랬다면 우리 모두 이런 상황에 처하지 않았을 거야."

나를 돌아본 틀레이시는 놀랍고 믿을 수 없다는 표정이었다. 아무래도 내가 폭주했든 아니든, 틀레이시가 생각하는 보안유닛처럼 말하지 않은 모양이었다.

진심으로, 인간들은 연구를 더 해야 한다. 사용 설명서를 잘 봤다면 우리에게 수작 부리지 말라는 경고를 받았을 텐데.

틀레이시가 닫힌 해치 앞에 멈춰 서서 말했다.

"바숌, 나야."

그리고 열림 버튼을 눌렀다. 문이 위로 미끄러지며 열렸다.

타판은 반대쪽 벽에 있는 간이침대 위에 반쯤 널브

러져 있었다. 피가 티셔츠의 꽃무늬 패턴 위로 번지며 옆구리의 상처를 누르고 있는 갈색 팔의 맨살 위로 방울져 떨어졌다. 좁은 선실에서 타판의 가쁜 숨소리가 크게 울렸다. 경호원이 눈을 크게 뜨고 우리를 바라보았다.

"총소리를 듣고 당황했나 봐."

틀레이시가 숨을 헐떡였다.

"안 돼—"

안 되긴 뭐가. 되지.

경호원이 무기를 들어 올리자 나는 틀레이시를 돌려 방패로 삼았다. 여러 발이 등을 맞췄지만 내가 이미 틀레이시의 기도를 짓눌러버린 뒤였다. 나는 가슴에 탄환을 한 발 맞으며 선실을 가로질러 경호원을 벽에 집어 던진 뒤 내 팔을 턱 밑에 붙이고 에너지 무기를 발사했다.

뒤로 물러서자 시체가 쓰러졌다.

나는 방향을 바꿔 타판을 향해 몸을 숙였다. 바보같이, 내가 말했다.

"나예요."

타판은 눈을 굳게 감은 채 악문 이 사이로 숨을 쉬고 있었다. 내가 상처를 눌러 지혈하면서 말했다.

ART, 도와 줘.

ART가 말했다.

내가 계속 셔틀을 환승고리 쪽으로 유도하고 있었어. 거기서 나와 도킹할 수 있어. 예상 도착 시각은 17분 뒤야. 의료시스템이 준비하고 있어.

나는 타판 옆에 주저앉았다. 타판은 간신히 의식을 그러모아 팔을 내밀고 내 손을 꽉 잡았다. 나는 쓸모없는 전투우선모듈을 목덜미에서 뽑아 던져버렸다.

지나고 보니 나는 너무나 명백해보이는 대형 실수를 저질렀다. 나는 계약금과 파일을 교환하자는 제안이 처음부터 함정이었음을 알고 있었다. 라미 일행이 라비하이랄로 돌아가지 않도록 설득했어야 했다. 내가 가장하고 있던 대로 증강인간 보안 자문이라면 그렇게 했을 것이다. 나는 인간에게 명령을 받는 일과 인간이 멍청한 생각 때문에 입는 피해를 줄이려고 노력하는 데 익숙했다. 하지만 다시 집단으로 일하고 싶었다. 나는 인간들이 내 말을 듣는 게 좋았고, 라비

하이랄에 가야 하는 내 사정을 고객의 안전보다 우선
했다. 보안 자문으로서 나는 여느 인간 못지않게 형
편없었다.

9

우리가 환승고리에 접근할 무렵에는 ART가 이미 고리의 항구 관리소에 허가를 받아놓았다. 원래 사전 고지가 없으면 셔틀은 수송선에 도킹할 수 없다. 하지만 ART가 접근 허가를 처리했고, 자기 선장의 피드 서명을 위조해 예정된 일정을 미리 고지하지 않은 데 대한 벌금을 내기로 했다. 관리소는 아무것도 의심하지 않았다. 수송선에 피드에서 인간인 척할 수 있을 정도로 정교한 봇이 있을 수 있다는 사실을 아무도 몰랐다. 나도 진짜로 몰랐다.

문은 호환되지 않았지만 ART는 연구실 공간으로

되어 있는 빈 모듈 안으로 셔틀을 들여서 문제를 해결했다. ART는 우리를 착륙시킨 다음 모듈에 공기를 채웠다. 그리고 셔틀 해치를 열었다. 나는 일어서서 타판을 부축해 밖으로 나갔다. 우리는 중심 구역으로 가는 출입구로 올라갔다. 위안유닛은 나를 따라왔다.

내가 들어와 타판을 수술대 위에 눕혔을 때 의료시스템은 이미 준비를 마쳤다. 드론이 내 주위에서 윙윙거리며 돌아다녔다. 나는 의료시스템의 피드에서 타판의 신발과 옷을 벗기라는 지시를 받았다. 덮개가 타판을 감싸는 동안 나는 수술대 옆에 주저앉았다.

타판은 이미 의식을 잃은 뒤였다. 의료시스템은 평가를 마치고 작업을 시작하는 동안 타판을 의식 없는 상태로 유지했다. 의료 드론 두 기가 내 주변에서 날아다녔다. 하나는 내 어깨로 달려들었고, 다른 하나는 내 허벅지의 상처를 건드렸다. 나는 무시했다.

그보다 더 커다란 드론이 타판의 가방과 피 묻은 재킷, 내 배낭을 들고 날아 들어왔다. ART는 다른 드론들이 아직 셔틀 안에 있는 모습을 슬쩍 보여주었다. 셔틀 안에는 의식은 없지만 아직 살아있는 인간이 넷 있었다. 셔틀 내부에서 내 체액과 타판의 피를 닦고 소독하기 위해 ART가 드론을 보내두었다. ART는 이미 조종사봇의 기억을 삭제했고 보안 데이터를 싹 지웠다. 그러면서 동시에 죽은 인간 중 한 명의 피드 서명을 위조해 환승고리의 출발 관제소와 가벼운 잡담을 나누고 있었다.

나는 드론들이 일을 마치고 물러나는 모습을 지켜보았다. ART가 다시 셔틀의 문을 닫은 뒤 라비하이랄로 돌아간다는 비행 계획을 제출하고 셔틀을 출발시켰다. 셔틀의 조종사봇은 끔찍한 부상을 입은 인간들을 태운 채 착륙할 것이다. 그리고 인간들이 의식을 되찾고 입을 열기 전까지는 그게 자기들이 서로 한 짓이 아니라는 사실을 아무도 모를 것이다. 물론 어쩌면 몇 명은 다른 인간을 납치하는 데 가담했다는 이야기를 하고 싶지 않을지도 몰랐다. 어떻게 되든 우리가 이곳을 빠져나갈 시간은 벌 수 있었다.

내가 ART에게 물었다.

그렇게 하는 건 어디서 배웠어?

하지만 나는 이미 답을 알고 있었다.

ART도 내가 안다는 걸 알았다. 하지만 대답했다.

〈거룩한 위성〉 에피소드 179.

위안유닛이 내 옆에 무릎을 꿇고 앉았다.

"도와줄까?"

"아니."

이제 의료 드론이 내게 붙어서 탄환을 찾아 헤집었다. 나는 ART의 깨끗한 의료시스템 바닥에 체액을 흘리고 있었다. 마취제 때문에 정신이 멍했다.

"내가 가나카 채굴장에 있었던 유닛이라는 건 어떻게 알았어?"

위안유닛이 말했다.

"그 구역에 있는 튜브 출입구에서 나오는 걸 봤어. 그 아래에는 아무것도 없어. 역사 데이터베이스에도 이제는 없어. 하지만 인간들은 아직도 서로 그 사건에 대한 끔찍한 이야기를 해. 네가 정말로 폭주한 게 맞고 그곳에 가라는 명령을 받은 게 아니라면, 네가 그 사건에 관련된 유닛이었기 때문에 그곳에 갔을 확률이 86퍼센트였어."

나는 믿었다.

"방화벽을 내려."

위안유닛이 그렇게 했다. 나는 피드를 타고 섹스봇의 뇌로 들어갔다. ART가 나와 함께 있다는 것이, 그리고 혹시 함정이 있을지 경계하고 있는 게 느껴졌다. 하지만 나는 지배모듈을 찾아냈고 무력하게 만든 뒤 다시 내 몸으로 빠져나왔다.

위안유닛은 쿵 소리와 함께 뒤로 넘어지며 나를 바라보았다.

내가 말했다.

"가버려. 다시는 내 눈에 띄지 마. 이 환승고리에서는 누구도 해치지 마. 안 그러면 내가 찾아갈 거야."

위안유닛이 비틀거리며 몸을 일으켰다. ART의 드론이 허공에 몇 기 더 나타나더니 위안유닛이 아무것도 부수지 못하게 감시하면서 문 쪽으로 이끌었다. 위안유닛은 드론을 따라 복도로 나갔다. 나는 ART의 피드를 통해 위안유닛이 빙글 돌며 열린 외부 해치를 통해 환승고리로 나가는 모습을 지켜보았다.

ART는 해치에 달린 카메라로 위안유닛이 걸어가는 모습을 지켜보았다. ART가 말했다.

난 네가 그걸 파괴할 줄 알았어.

말을 하기에는 너무 피곤하고 멍해서 피드를 통해 부정하는 신호를 보냈다. 나는 그 위안유닛을 위해서 지배모듈을 부순 게 아니었다. 내가 그렇게 한 건 행동에 나서라는 명령이나 지시를 전혀 받지 않고도 나를 포함해 살아있던 다른 모두를 구하기 위해 자발적으로 고기 분쇄기로 걸어 들어간 가나카 채굴장의 네 위안유닛을 위해서였다.

ART가 말했다.

이제 다른 수술대 위로 올라가. 셔틀이 곧 착륙할 거야. 없애야 할 증거가 아주 많다고.

* * *

타판이 깨어났을 때 나는 의료시스템의 수술대 옆에 앉아서 타판의 손을 잡고 있었다. 의료시스템은 내 상처를 치료해주었다. 나는 피를 깨끗이 닦아놓았다. 나를 맞힌 탄환과 내 무기에서 나온 에너지 때문에 옷에 구멍이 났고, ART는 내게 재생기에서 새로 옷 한 벌을 맞춰주었다. 옷은 기본적으로 로고가 없는 ART의 승무원 유니폼과 같았다. 밀봉할 수 있는 주머니가 많은 바지에 내 데이터포트를 간신히 가릴 수 있을 정도의 옷깃이 달린 긴 팔 셔츠, 부드러운 후드가 달린 재킷. 전부 감청색이거나 검은색이었다. 나는 피 묻은 옷을 재생기에 넣어 폐기물 재생 수치를 중간으로 만들고 ART가 일지를 위조할 필요가 없도록 했다.

타판이 눈을 깜빡이며 나를 바라보았다. 혼란스러운 표정이었다.

"어."

타판이 말하며 내 손을 꽉 잡았다. 약 때문에 표정이 흐렸다.

"어떻게 된 거예요?"

내가 말했다.

"그자들이 또 우리를 죽이려고 했어요. 그래서 떠나야 했지요. 여기는 환승고리에 있는 내 친구의 우주선 안이에요."

기억이 돌아오면서 타판의 눈이 커졌다. 타판이 얼

굴을 찡그리며 중얼거렸다.

"개새끼들."

"당신 친구는 거짓말을 하지 않았어요. 제게 파일을 줬지요."

나는 메모리 클립을 들어 보였다. 그리고 타판의 가방에 있는 인터페이스 주머니 안에 집어넣는 모습을 보여주었다. 멀웨어나 추적 장치가 없다는 건 이미 확인해두었다.

"이 우주선은 곧 떠나야 해요. 라미와 마로에게 연락해서 탑승장 밖에서 만나자고 해요."

"알겠어요."

타판이 자기 귀를 더듬거리자 나는 파란색 피드 인터페이스를 건네주었다. ART의 드론 중 하나가 틀레이시의 주머니에서 찾아낸 것이다. 타판이 그걸 받아서 귀에 장착하려다 머뭇거렸다.

"개네들이 엄청 화낼 거예요."

"네, 그렇겠지요."

나는 타판이 살아 돌아온 게 너무 기뻐서 아무도 화낼 생각은 못 할 거라고 생각했다.

타판이 다시 얼굴을 찡그렸다.

"미안해요. 당신 말을 들었어야 했는데."

"당신 잘못이 아니에요."

타판의 이마에 주름이 잡혔다.

"내 잘못이 맞는 것 같아요."

"제 잘못이었어요."

"그러면 우리 둘의 잘못이라고 하죠. 하지만 다른 사람한테는 말 안 할 거예요."

타판은 그렇게 정리하고는 인터페이스를 귀에 끼 웠다.

* * *

나는 우주선에서 사용했던 구역을 재빨리 걸어 다 니며 혹시 달라진 게 있는지 확인했다. ART의 드론 들이 이미 훑고 지나가며 타판의 피 묻은 옷을 빨고 표면을 소독한 뒤였다. 이제 증거를 수집하려고 해도 소용없었다. 물론 조사가 시작됐을 때 ART는 이곳을 떠나 있을 생각이었지만. 우리는 모두 곧바로 떠날 예정이었다. 그러나 ART는 혹시 모를 상황에 대비한 계획이 있어야 한다고 생각했다. 나는 ART가 줬던 통신 인터페이스를 떼려고 했다.

"이것도 깨끗이 닦아야겠지."

아니야. ART가 말했다. 갖고 있어. 어쩌면 우리가 다시 서로의 범위 안에 들어오게 될지도 몰라.

의료시스템은 이미 자체 소독을 마쳤고, 나와 타판의 긴급 외상 처치와 내 체형 변경 기록을 삭제했다. 나는 타판이 욕실에서 나올 때까지 기다렸다. 뒤를 이어 흔적을 모두 지우기 위해 드론들이 들어갔다. 타판이 말했다.

"준비됐어요."

타판은 입던 옷을 가방에 집어넣고 새 옷을 입고 있었다. 아직도 약간 몽롱해 보였다.

우리가 함께 밖으로 나오자 등 뒤로 해치가 닫혔다. 나는 탑승장의 카메라를 보고 있었고, ART는 이미 우리 존재를 지우기 위해 문에 남아 있던 보안 기록을 손보고 있었다.

우리는 탑승장 바깥에 있는 간이식당에서 라미와

마로 그리고 나머지 일행을 만났다. 그전에 라미는 이미 내게 한 시간 내로 떠나는 여객선 통행권을 사두었다고 메시지를 보냈다. 그들은 눈물을 흘리며, 너무 꽉 끌어안지 말라고 서로 주의를 주며 타판을 뜨겁게 맞이했다.

나는 사전에 공공장소에서 그 사건에 대해 이야기하지 말라고 말해두었다. 라미가 나를 향해 오더니 선불카드를 건넸다.

"ART라는 당신 친구가 그러던데 이걸로 지불하는 게 좋을 거라고요."

"맞아요."

나는 카드를 받아서 밀봉할 수 있는 주머니 안에 넣었다.

이제 다들 나를 바라보고 있었다. 그건 약간 신경에 거슬렸다. 라미가 말했다.

"그러면 이제 가시는 거예요?"

나는 내가 가려는 방향으로 향하는 화물선 한 대를 점찍어놓았다. 운이 따른다면 이들이 떠나고 난 뒤 나도 곧 떠날 수 있을 터였다.

"네, 서둘러야 해요."

"한번 안아도 될까요?"

마로가 타판을 놓고 나를 바라보았다.

"어."

뒷걸음질 치지는 않았지만 누가 봐도 대답은 명백한 '아니오'였을 게 분명했다.

마로는 고개를 끄덕였다.

"좋아요. 대신 이렇게 할게요."

마로는 두 팔로 자기 몸을 꼭 감싸 안았다.

내가 말했다.

"이제 가야 해요."

그리고 나는 상가를 따라 걸었다.

이미 선착장에서 떨어져 나와 신호가 희미해지고 있는 ART가 내 피드에 말했다.

조심해. 네 동료를 찾아.

나는 피드로 알았다는 신호를 보냈다. 뭔가 말을 하려다가는 바보 같고 감상적인 소리를 할 것 같아서였다.

이제 무엇을 해야 할지, 내 계획대로 진행을 해야

할지 말지 알 수가 없었다. 가나카 채굴장에서 무슨 일이 벌어졌는지 알아내면 모든 게 분명해지지 않을까 기대했지만, 어쩌면 그런 깨달음은 드라마에서나 가능한 일일지 모른다.

드라마 이야기가 나왔으니 말인데, 다음 수송선이 떠나기 전에 좀 더 다운로드를 받아놓아야 했다. 긴 여행이 될 터였다.

지은이..마샤 웰스 Martha Wells

SF, 판타지 소설 작가다. '머더봇 다이어리The Murderbot Diaries' 시리즈로 휴고상, 네뷸러상, 로커스상을 받으며 세계적인 SF 작가로 자리매김했다. 미국 텍사스A&M 대학교에서 인류학을 전공했다. 현실 사회의 복잡성을 세심하게 묘파해내는 작가로도 잘 알려져 있는데, 인류학을 전공한 작가의 학문적 배경 덕분이라는 평가가 있다. 2017년 월드판타지컨벤션World Fantasy Convention에서 발표한 SF, 판타지, 영화 등 미디어의 소외된 창작자에 대한 연설이 호응을 얻으며 이와 관련한 광범위한 논쟁을 촉발시키기도 했다.

1993년 첫 책 《불의 요소The Element of Fire》를 출간하며 작가 활동을 시작했다. 네뷸러상 최종 후보에 오른 세 번째 소설 《네크로멘서의 죽음The Death of the Necromancer》 이후 '라크수라의 책Books of the Raksura' 시리즈를 비롯해, 《마법사 사냥꾼The Wizard Hunters》《무한의 바퀴Wheels of the Infinite》 등 다수의 소설과 논픽션을 펴냈고, SF 영화에 바탕을 둔 미디어 타이인 소설 《스타게이트: 아틀란티스Stargate: Atlantis》《스타워즈: 면도날Star Wars: Razor's Edge》을 출간하기도 했다.

옮긴이..고호관

서울대학교 과학사 및 과학철학 협동과정에서 과학사로 석사 학위를 받았다. 동아사이언스에서 과학기자로 일했고, 현재는 SF와 과학 분야의 글을 쓰고 번역하고 있다.

지은 책으로는 SF 앤솔로지 《아직은 끝이 아니야》(공저)와 《우주로 가는 문 달》 등이 있고, 옮긴 책으로는 《아서 클라크 단편 전집 1960-1999》《SF 명예의 전당 1: 전설의 밤》(공역)《신의 망치》 등이 있다.

불가능하고도 가능한 세계
포비든 플래닛 FORBIDDEN PLANET

머더봇 다이어리: 인공 상태

1판 1쇄 찍음 2020년 7월 15일
1판 1쇄 펴냄 2020년 7월 30일

지은이 마샤 웰스
옮긴이 고호관
펴낸이 안지미
편집 유승재
일러스트레이션 최성민
디자인 안지미 이은주
제작처 공간

펴낸곳 (주)알마
출판등록 2006년 6월 22일 제2013-000266호
주소 03983 서울시 마포구 동교로41길 32(연남동) 2층
전화 02.324.3800 판매 02.324.2846 편집
전송 02.324.1144

전자우편 alma@almabook.com
페이스북 /almabooks
트위터 @alma_books
인스타그램 @alma_books

ISBN 979-11-5992-315-9 04800
ISBN 979-11-5992-246-6 (세트)

이 책의 내용을 이용하려면 반드시 저작권자와 알마 출판사의 동의를 받아야 합니다.

이 도서의 국립중앙도서관 출판예정도서목록CIP은 서지정보유통지원시스템 홈페이지http://seoji.nl.go.kr와 국가자료종합목록 구축시스템http://kolis-net.nl.go.kr에서 이용하실 수 있습니다. CIP제어번호: CIP2020028682

알마는 아이쿱생협과 더불어 협동조합의 가치를 실천하는 출판사입니다.

종이 표지_스노우화이트 120g/㎡ 본문_그린라이트 80g/㎡